HÉSIODE ÉDITIONS

BALZAC

La Fausse maîtresse

Hésiode éditions

© Hésiode éditions.

1 rue Honoré - 93500 Pantin.
ISBN 978-2-38512-052-8
Dépôt légal : Octobre 2022

Impression Books on Demand GmbH

In de Tarpen 42
22848 Norderstedt, Allemagne

La Fausse maîtresse

Au mois de septembre 1835, une des plus riches héritières du faubourg Saint-Germain, mademoiselle du Rouvre, fille unique du marquis du Rouvre, épousa le comte Adam Mitgislas Laginski, jeune Polonais proscrit.

Qu'il soit permis d'écrire les noms comme ils se prononcent, pour épargner aux lecteurs l'aspect des fortifications de consonnes par lesquelles la langue slave protège ses voyelles, sans doute afin de ne pas les perdre, vu leur petit nombre.

Le marquis du Rouvre avait presque entièrement dissipé l'une des plus belles fortunes de la noblesse, et à laquelle il dut autrefois son alliance avec une demoiselle de Ronquerolles. Ainsi, du côté maternel, Clémentine du Rouvre avait pour oncle le marquis de Ronquerolles, et pour tante madame de Sérizy. Du côté paternel, elle jouissait d'un autre oncle dans la bizarre personne du chevalier du Rouvre, cadet de la maison, vieux garçon devenu riche en trafiquant sur les terres et sur les maisons. Le marquis de Ronquerolles eut le malheur de perdre ses deux enfants à l'invasion du choléra. Le fils unique de madame de Sérizy, jeune militaire de la plus haute espérance, périt en Afrique à l'affaire de la Macta. Aujourd'hui, les familles riches sont entre le danger de ruiner leurs enfants si elles en ont trop, ou celui de s'éteindre en s'en tenant à un ou deux, un singulier effet du Code civil auquel Napoléon n'a pas songé. Par un effet du hasard, malgré les dissipations insensées du marquis du Rouvre pour Florine, une des plus charmantes actrices de Paris, Clémentine devint donc une héritière. Le marquis de Ronquerolles, un des plus habiles diplomates de la nouvelle dynastie ; sa sœur, madame de Sérizy, et le chevalier du Rouvre convinrent, pour sauver leurs fortunes des griffes du marquis, d'en disposer en faveur de leur nièce, à laquelle ils promirent d'assurer, au jour de son mariage, chacun dix mille francs de rente.

Il est parfaitement inutile de dire que le Polonais, quoique réfugié, ne coûtait absolument rien au gouvernement français. Le comte Adam appartient à l'une des plus vieilles et des plus illustres familles de la Pologne, alliée à la plupart des maisons princières de l'Allemagne, aux Sapiéha, aux Radzivill, aux Rzewuski, aux Cartoriski, aux Leczinski, aux Iablonoski, etc. Mais les connaissances héraldiques ne sont pas ce qui distingue la France sous Louis-Philippe, et cette noblesse ne pouvait être une recommandation auprès de la bourgeoisie qui trônait alors. D'ailleurs, quand, en 1833, Adam se montra sur le boulevard des Italiens, à Frascati, au Jockey-Club, il mena la vie d'un jeune homme qui, perdant ses espérances politiques, retrouvait ses vices et son amour pour le plaisir. On le prit pour un étudiant. La nationalité polonaise, par l'effet d'une odieuse réaction gouvernementale, était alors tombée aussi bas que les républicains la voulaient mettre haut. La lutte étrange du Mouvement contre la Résistance, deux mots qui seront inexplicables dans trente ans, fit un jouet de ce qui devait être si respectable : le nom d'une nation vaincue à qui la France accordait l'hospitalité, pour qui l'on inventait des fêtes, pour qui l'on chantait et l'on dansait par souscription ; enfin une nation qui, lors de la lutte entre l'Europe et la France, lui avait offert six mille hommes en 1796, et quels hommes ! N'allez pas inférer de ceci que l'on veuille donner tort à l'empereur Nicolas contre la Pologne, ou à la Pologne contre l'empereur Nicolas. Ce serait d'abord une assez sotte chose que de glisser des discussions politiques dans un récit qui doit ou amuser ou intéresser. Puis, la Russie et la Pologne avaient également raison, l'une de vouloir l'unité de son empire, l'autre de vouloir redevenir libre. Disons en passant que la Pologne pouvait conquérir la Russie par l'influence de ses mœurs, au lieu de la combattre par les armes, en imitant les Chinois, qui ont fini par chinoiser les Tartares, et qui chinoiseront les Anglais, il faut l'espérer. La Pologne devait poloniser la Russie : Poniatowski l'avait essayé dans la région la moins tempérée de l'empire ; mais ce gentilhomme fut un roi d'autant plus incompris que peut-être ne se comprenait-il pas bien lui-même. Comment n'aurait-on pas haï de pauvres gens qui furent la cause de l'horrible mensonge commis pendant la revue où tout Paris demandait à secourir la Pologne ? On feignit de regarder les Polonais comme les alliés du parti républicain, sans songer que la Pologne était une république aristocratique. Dès lors la bourgeoisie accabla de ses ignobles dédains le Polonais que l'on déifiait quelques jours auparavant. Le vent d'une émeute a toujours fait varier les Parisiens du Nord au Midi, sous tous les régimes. Il faut bien rappeler ces revirements de l'opinion parisienne pour expliquer comment le mot Polonais était, en 1835, un qualificatif dérisoire chez le peuple qui se croit le plus spirituel et le plus poli du monde, au centre des lumières, dans une ville qui tient aujourd'hui le sceptre des arts et de la littérature. Il existe, hélas ! deux sortes de Polonais réfugiés, le Polonais républicain, fils de Lelewel et le noble Polonais du parti à la tête duquel se place le prince Cartoriski. Ces deux sortes de Polonais sont l'eau et le feu ; mais pourquoi leur en vouloir ? Ces divisions ne se sont-elles pas toujours remarquées chez les réfugiés, à quelque nation qu'ils appartiennent, n'importe en quelles contrées ils aillent ? On porte son pays et ses haines avec soi. À Bruxelles, deux prêtres français émigrés manifestaient une profonde horreur l'un contre l'autre, et quand on demanda pourquoi à l'un d'eux, il répondit en montrant son compagnon de misère : « C'est un janséniste. » Dante eût volontiers poignardé dans son exil un adversaire des Blancs. Là gît la raison des attaques dirigées contre le vénérable prince Adam Cartoriski par les radicaux français, et celle de la défaveur répandue sur une partie de l'émigration polonaise par les César de boutique et les Alexandre de la patente. En 1834, Adam Mitgislas Laginski eut donc contre lui les plaisanteries parisiennes.

– Il est gentil, quoique Polonais, disait de lui Rastignac.

– Tous ces Polonais se prétendent grands seigneurs, disait Maxime de Trailles, mais celui-ci paie ses dettes de jeu ; je commence à croire qu'il a eu des terres.

Sans vouloir offenser des bannis, il est permis de faire observer que la légèreté, l'insouciance, l'inconstance du caractère sarmate autorisèrent les médisances des Parisiens qui d'ailleurs ressembleraient parfaitement aux Polonais en semblable occurrence. L'aristocratie française, si admirablement secourue par l'aristocratie polonaise pendant la révolution, n'a certes pas rendu la pareille à l'émigration forcée de 1832. Ayons le triste courage de le dire, le faubourg Saint-Germain est encore débiteur de la Pologne.

Le comte Adam était-il riche, était-il pauvre, était-ce un aventurier ? Ce problème resta pendant long-temps indécis. Les salons de la diplomatie, fidèles à leurs instructions, imitèrent le silence de l'empereur Nicolas, qui considérait alors comme mort tout émigré polonais. Les Tuileries et la plupart de ceux qui y prennent leur mot d'ordre donnèrent une horrible preuve de cette qualité politique décorée du titre de sagesse. On y méconnut un prince russe avec qui l'on fumait des cigares pendant l'émigration, parce qu'il paraissait avoir encouru la disgrâce de l'empereur Nicolas. Placés entre la prudence de la cour et celle de la diplomatie, les Polonais de distinction vivaient dans la solitude biblique de Super flumina Babylonis, ou hantaient certains salons qui servent de terrain neutre à toutes les opinions. Dans une ville de plaisir comme Paris, où les distractions abondent à tous les étages, l'étourderie polonaise trouva deux fois plus de motifs qu'il ne lui en fallait pour mener la vie dissipée des garçons. Enfin, disons-le, Adam eut d'abord contre lui sa tournure et ses manières. Il y a deux Polonais comme il y a deux Anglaises. Quand une Anglaise n'est pas très-belle, elle est horriblement laide, et le comte Adam appartient à la seconde catégorie. Sa petite figure, assez aigre de ton, semble avoir été pressée dans un étau. Son nez court, ses cheveux blonds, ses moustaches et sa barbe rousses lui donnent d'autant plus l'air d'une chèvre qu'il est petit, maigre, et que ses yeux d'un jaune sale vous saisissent par ce regard oblique si célèbre par le vers de Virgile. Comment, malgré tant de conditions défavorables, possède-t-il des manières et un ton exquis ? La solution de ce problème s'explique et par une tenue de dandy et par l'éducation due à sa mère, une Radzivill. Si son courage va jusqu'à la témérité, son esprit ne dépasse point les plaisanteries courantes et éphémères de la conversation parisienne ; mais il ne rencontre pas souvent parmi les jeunes gens à la mode un garçon qui lui soit supérieur. Les gens du monde causent aujourd'hui beaucoup trop chevaux, revenus, impôts, députés pour que la conversation française reste ce qu'elle fut. L'esprit veut du loisir et certaines inégalités de position. On cause peut-être mieux à Pétersbourg et à Vienne qu'à Paris. Des égaux n'ont plus besoin de finesses, ils se disent alors tout bêtement les choses comme elles sont. Les moqueurs de Paris retrouvèrent donc difficilement un grand seigneur dans une espèce d'étudiant léger qui, dans le discours, passait avec insouciance d'un sujet à un autre, qui courait après les amusements avec d'autant plus de fureur qu'il venait d'échapper à de grands périls, et que, sorti de son pays où sa famille était connue, il se crut libre de mener une vie décousue sans courir les risques de la déconsidération.

Un beau jour, en 1834, Adam acheta, rue la Pépinière, un hôtel. Six mois après cette acquisition, sa tenue égala celle des plus riches maisons de Paris. Au moment où Laginski commençait à se faire prendre au sérieux, il vit Clémentine aux Italiens et devint amoureux d'elle. Un an après, le mariage eut lieu. Le salon de madame d'Espard donna le signal des louanges. Les mères de famille apprirent trop tard que, dès l'an neuf cent, les Laginski se comptaient parmi les familles illustres du Nord. Par un trait de prudence anti-polonaise, la mère du jeune comte avait, au moment de l'insurrection, hypothéqué ses biens d'une somme immense prêtée par deux maisons juives et placée dans les fonds français. Le comte Adam Laginski possédait quatre-vingt mille francs de rente. On ne s'étonna plus de l'imprudence avec laquelle, selon beaucoup de salons, madame de Sérizy, le vieux diplomate Ronquerolles et le chevalier du Rouvre cédaient à la folle passion de leur nièce. On passa, comme toujours, d'un extrême à l'autre. Pendant l'hiver de 1836 le comte Adam fut à la mode, et Clémentine Laginska devint une des reines de Paris. Madame de Laginska fait aujourd'hui partie de ce charmant groupe de jeunes femmes où brillent mesdames de l'Estorade, de Portenduère, Marie de Vandenesse, du Guénic et de Maufrigneuse, les fleurs du Paris actuel, qui vivent à une grande distance des parvenus, des bourgeois et des faiseurs de la nouvelle politique.

Ce préambule était nécessaire pour déterminer la sphère dans laquelle s'est passée une de ces actions sublimes, moins rares que les détracteurs du temps présent ne le croient, qui sont, comme les belles perles, le fruit d'une souffrance ou d'une douleur, et qui, semblables aux perles, sont cachées sous de rudes écailles, perdues enfin au fond de ce gouffre, de cette mer, de cette onde incessamment remuée, nommée le monde, le siècle, Paris, Londres ou Pétersbourg, comme vous voudrez !

Si jamais cette vérité, que l'architecture est l'expression des mœurs, fut démontrée, n'est-ce pas depuis l'insurrection de 1830, sous le règne de la maison d'Orléans ? Toutes les fortunes se rétrécissant en France, les majestueux hôtels de nos pères sont incessamment démolis et remplacés par des espèces de phalanstères où le pair de France de Juillet habite un troisième étage au-dessus d'un empirique enrichi. Les styles sont confusément employés. Comme il n'existe plus de cour, ni de noblesse pour donner le ton, on ne voit aucun ensemble dans les productions de l'art. De son côté, jamais l'architecture n'a découvert plus de moyens économiques pour singer le vrai, le solide, et n'a déployé plus de ressources, plus de génie dans les distributions. Proposez à un artiste la lisière du jardin d'un vieil hôtel abattu, il vous y bâtit un petit Louvre écrasé d'ornements ; il y trouve une cour, des écuries, et si vous y tenez, un jardin ; à l'intérieur, il accumule tant de petites pièces et de dégagements, il sait si bien tromper l'œil, qu'on s'y croit à l'aise ; enfin, il y foisonne tant de logements, qu'une famille ducale fait ses évolutions dans l'ancien fournil d'un président à mortier.

L'hôtel de la comtesse Laginska, rue de la Pépinière, une de ces créations modernes, est entre cour et jardin. À droite, dans la cour, s'étendent les communs, auxquels répondent à gauche les remises et les écuries. La loge du concierge s'élève entre deux charmantes portes cochères. Le grand luxe de cette maison consiste en une charmante serre agencée à la suite d'un boudoir au rez-de-chaussée, où se déploient d'admirables appartements de réception. Un philanthrope chassé d'Angleterre avait bâti cette bijouterie architecturale, construit la serre, dessiné le jardin, verni les portes, briqueté les communs, verdi les fenêtres, et réalisé l'un de ces rêves pareils, toute proportion gardée, à celui de Georges IV à Brigthon. Le fécond, l'industrieux, le rapide ouvrier de Paris lui avait sculpté ses portes et ses fenêtres. On lui avait imité les plafonds du moyen âge ou ceux des palais vénitiens, et prodigué les placages de marbre en tableaux extérieurs. Elschoët et Klagmann travaillèrent les dessus de portes et les cheminées. Boulanger avait magistralement peint les plafonds. Les merveilles de l'escalier, blanc comme le bras d'une femme, défiaient celles de l'hôtel Rothschild. À cause des émeutes, le prix de cette folie ne monta pas à plus de onze cent mille francs. Pour un Anglais ce fut donné. Tout ce luxe, dit princier par des gens qui ne savent plus ce qu'est un vrai prince, tenait dans l'ancien jardin de l'hôtel d'un fournisseur, un des Crésus de la révolution, mort à Bruxelles en faillite après un sens dessus-dessous de Bourse. L'Anglais mourut à Paris de Paris, car pour bien des gens Paris est une maladie ; il est quelquefois plusieurs maladies. Sa veuve, une méthodiste, manifesta la plus grande horreur pour la petite maison du nabab. Ce philanthrope était un marchand d'opium. La pudique veuve ordonna de vendre le scandaleux immeuble au moment où les émeutes mettaient en question la paix à tout prix. Le comte Adam profita de cette occasion, vous saurez comment, car rien n'était moins dans ses habitudes de grand seigneur.

Derrière cette maison, bâtie en pierre brodée comme melon, s'étale le velours vert d'une pelouse anglaise, ombragée au fond par un élégant massif d'arbres exotiques, d'où s'élance un pavillon chinois avec ses clochettes muettes et ses œufs dorés immobiles. La serre et ses constructions fantastiques déguisent le mur de clôture au midi. L'autre mur qui fait face à la serre est caché par des plantes grimpantes, façonnées en portiques à l'aide de mâts peints en vert et réunis par des traverses. Cette prairie, ce monde de fleurs, ces allées sablées, ce simulacre de forêt, ces palissades aériennes se développent dans vingt-cinq perches carrées, qui valent aujourd'hui quatre cent mille francs, la valeur d'une vraie forêt. Au milieu de ce silence obtenu dans Paris, les oiseaux chantent : il y a des merles, des rossignols, des bouvreuils, des fauvettes, et beaucoup de moineaux. La serre est une immense jardinière où l'air est chargé de parfums, où l'on se promène en hiver comme si l'été brillait de tous ses feux. Les moyens par lesquels on compose une atmosphère à sa guise, la Torride, la Chine ou l'Italie, sont habilement dérobés aux regards. Les tubes où circulent l'eau bouillante, la vapeur, un calorique quelconque, sont enveloppés de terre et se produisent aux regards comme des guirlandes de fleurs vivantes. Vaste est le boudoir. Sur un terrain restreint, le miracle de cette fée parisienne, appelée l'Architecture, est de rendre tout grand. Le boudoir de la jeune comtesse fut la coquetterie de l'artiste, à qui le comte Adam livra l'hôtel à décorer de nouveau. Une faute y est impossible : il y a trop de jolis riens. L'amour ne saurait où se poser parmi des travailleuses sculptées en Chine, où l'œil aperçoit des milliers de figures bizarres fouillées dans l'ivoire et dont la génération a usé deux familles chinoises ; des coupes de topaze brûlée montées sur un pied de filigrane ; des mosaïques qui inspirent le vol ; des tableaux hollandais comme en refait Meissonnier ; des anges conçus comme les exécute Gérard-Séguin qui ne veut pas vendre les siens ; des statuettes sculptées par des génies poursuivis par leurs créanciers (véritable explication des mythes arabes) ; les sublimes ébauches de nos premiers artistes ; des devants de bahut pour boiseries et dont les panneaux alternent avec les fantaisies de la soierie indienne ; des portières qui s'échappent en flots dorés de dessous une traverse en chêne noir où grouille une chasse entière ; des meubles dignes de madame de Pompadour ; un tapis de Perse, etc. Enfin, dernière grâce, ces richesses éclairées par un demi-jour qui filtre à travers deux rideaux de dentelle, en paraissaient encore plus charmantes. Sur une console, parmi des antiquités, une cravache dont le bout fut sculpté par mademoiselle de Fauveau, disait que la comtesse aimait à monter à cheval.

Tel est un boudoir en 1837, un étalage de marchandises qui divertissent les regards, comme si l'ennui menaçait la société la plus remueuse et la plus remuée du monde. Pourquoi rien d'intime, rien qui porte à la rêverie, au calme ? Pourquoi ? personne n'est sûr de son lendemain, et chacun jouit de la vie en usufruitier prodigue.

Par une matinée, Clémentine se donnait l'air de réfléchir, étalée sur une de ces méridiennes merveilleuses d'où l'on ne peut pas se lever, tant le tapissier qui les inventa sut saisir les rondeurs de la paresse et les aises du far niente. Les portes de la serre ouvertes laissaient pénétrer les odeurs de la végétation et les parfums du tropique. La jeune femme regardait Adam fumant devant elle un élégant narguilé, la seule manière de fumer qu'elle eût permise dans cet appartement. Les portières, pincées par d'élégantes embrasses, ouvraient au regard deux magnifiques salons, l'un blanc et or, comparable à celui de l'hôtel Forbin-Janson, l'autre en style de la renaissance. La salle à manger, qui n'a de rivale à Paris que celle du marquis de Custine, se trouve au bout d'une petite galerie plafonnée et décorée dans le genre moyen âge. La galerie est précédée, du côté de la cour, par une grande antichambre d'où l'on aperçoit à travers les portes en glaces les merveilles de l'escalier.

Le comte et la comtesse venaient de déjeuner, le ciel offrait une nappe d'azur sans le moindre nuage, le mois d'avril finissait. Ce ménage comptait deux ans de bonheur, et Clémentine avait depuis deux jours seulement découvert dans sa maison quelque chose qui ressemblait à un secret, à un mystère. Le Polonais, disons-le encore à sa gloire, est généralement faible devant la femme ; il est si plein de tendresse pour elle, qu'il lui devient inférieur en Pologne ; et quoique les Polonaises soient d'admirables femmes, le Polonais est encore plus promptement mis en déroute par une Parisienne. Aussi le comte Adam, pressé de questions, n'eut-il pas l'innocente rouerie de vendre le secret à sa femme. Avec une femme, il faut toujours tirer parti d'un secret ; elle vous en sait gré, comme un fripon accorde son respect à l'honnête homme qu'il n'a pas pu jouer. Plus brave que parleur, le comte avait seulement stipulé de ne répondre qu'après avoir fini son narguilé plein de Tombaki.

— En voyage, disait-elle, à toute difficulté tu me répondais par : « Paz arrangera cela ! » tu n'écrivais qu'à Paz ! De retour ici, tout le monde me dit : « le capitaine ! » Je veux sortir ?... le capitaine ! S'agit-il d'acquitter un mémoire, le capitaine ! Mon cheval a-t-il le trot dur, on en parle au capitaine Paz. Enfin, ici, c'est pour moi comme au jeu de domino : il y a Paz partout. Je n'entends parler que de Paz, et je ne peux pas voir Paz. Qu'est-ce que c'est que Paz ? Qu'on m'apporte notre Paz.

— Tout ne va donc pas bien ? dit le comte en quittant le bocchettino de son narguilé.

— Tout va si bien, qu'avec deux cent mille francs de rente on se ruinerait à mener le train que nous avons avec cent dix mille francs, dit-elle.

Elle tira le riche cordon de sonnette fait au petit point, une merveille. Un valet de chambre habillé comme un ministre vint aussitôt.

— Dites à monsieur le capitaine Paz que je désire lui parler.

— Si vous croyez apprendre quelque chose ainsi !... dit en souriant le comte Adam.

Il n'est pas inutile de faire observer qu'Adam et Clémentine, mariés au mois de décembre 1835, étaient allés, après avoir passé l'hiver à Paris, en Italie, en Suisse et en Allemagne pendant l'année 1836. Revenue au mois de novembre, la comtesse reçut pour la première fois pendant l'hiver qui venait de finir, et s'aperçut bien de l'existence quasi muette, effacée, mais salutaire d'un factotum dont la personne paraissait invisible, ce capitaine Paz (Paç), dont le nom se prononce comme il est écrit.

— Monsieur le capitaine Paz prie madame la comtesse de l'excuser, il est aux écuries, et dans un costume qui ne lui permet pas de venir à l'instant ; mais une fois habillé, le comte Paz se présentera, dit le valet de chambre.

– Que faisait-il donc ?

– Il montrait comment doit se panser le cheval de madame, que Constantin ne brossait pas à sa fantaisie, répondit le valet de chambre.

La comtesse regarda son domestique : il était sérieux, et se gardait bien de commenter sa phrase par le sourire que se permettent les inférieurs en parlant d'un supérieur qui leur paraît descendu jusqu'à eux.

– Ah ! il brossait Cora.

– Madame la comtesse ne monte-t-elle pas à cheval ce matin ?

Le valet de chambre s'en alla sans réponse.

– Est-ce un Polonais ? demanda Clémentine à son mari qui inclina la tête en manière d'affirmation.

Clémentine Laginska resta muette en examinant Adam. Les pieds presque tendus sur un coussin, la tête dans la position de celle d'un oiseau qui écoute au bord de son nid les bruits du bocage, elle eût paru ravissante à un homme blasé. Blonde et mince, les cheveux à l'anglaise, elle ressemblait alors à ces figures quasi-fabuleuses des keepsakes, surtout vêtue de son peignoir en soie façon de Perse, dont les plis touffus ne déguisaient pas si bien les trésors de son corps et la finesse de la taille qu'on ne pût les admirer à travers ces voiles épais de fleurs et de broderies. En se croisant sur sa poitrine, l'étoffe aux brillantes couleurs laissait voir le bas du cou, dont les tons blancs contrastaient avec ceux d'une riche guipure appliquée sur les épaules. Les yeux, bordés de cils noirs, ajoutaient à l'expression de curiosité qui fronçait une jolie bouche. Sur le front bien modelé, l'on remarquait les rondeurs caractéristiques de la Parisienne volontaire, rieuse, instruite, mais inaccessible à des séductions vulgaires. Ses mains pendaient au bout de chaque bras de son fauteuil, presque transparentes.

Ses doigts en fuseaux et retroussés du bout montraient des ongles, espèces d'amandes roses, où s'arrêtait la lumière. Adam souriait de l'impatience de sa femme, et la regardait d'un œil que la satiété conjugale ne tiédissait pas encore. Déjà cette petite comtesse fluette avait su se rendre maîtresse chez elle, car elle répondit à peine aux admirations d'Adam. Dans ses regards jetés à la dérobée sur lui, peut-être y avait-il déjà la conscience de la supériorité d'une Parisienne sur ce Polonais mièvre, maigre et rouge.

– Voilà Paz, dit le comte en entendant un pas qui retentissait dans la galerie.

La comtesse vit entrer un grand bel homme, bien fait, qui portait sur sa figure les traces de cette douceur, fruit de la force et du courage. Paz avait mis à la hâte une de ces redingotes serrées, à brandebourgs attachés par des olives, qui jadis s'appelaient des polonaises. D'abondants cheveux noirs assez mal peignés entouraient sa tête carrée, et Clémentine put voir, brillant comme un bloc de marbre, un front large, car Paz tenait à la main une casquette à visière. Cette main ressemblait à celle de l'Hercule à l'Enfant. La santé la plus robuste fleurissait sur ce visage également partagé par un grand nez romain qui rappela les beaux Trasteverins à Clémentine. Une cravate en taffetas noir achevait de donner une tournure martiale à ce mystère de cinq pieds sept pouces aux yeux de jais et d'un éclat italien. L'ampleur d'un pantalon à plis qui ne laissait voir que le bout des bottes, trahissait le culte de Paz pour les modes de la Pologne. Vraiment, pour une femme romanesque, il y aurait eu du burlesque dans le contraste si heurté qui se remarquait entre le capitaine et le comte, entre ce petit polonais à figure étroite et ce beau militaire, entre ce paladin et ce palatin.

– Bonjour, Adam, dit-il familièrement au comte.

Puis il s'inclina gracieusement en demandant à Clémentine en quoi il pouvait la servir.

– Vous êtes donc l'ami de Laginski ? dit la jeune femme.

– À la vie, à la mort, répondit Paz, à qui le jeune comte jeta le plus affectueux sourire en lançant sa dernière bouffée de fumée odorante.

– Eh bien ! pourquoi ne mangez-vous pas avec nous ? pourquoi ne nous avez-vous pas accompagnés en Italie et en Suisse ? pourquoi vous cachez-vous ici de manière à vous dérober aux remerciements que je vous dois pour les services constants que vous nous rendez ? dit la jeune comtesse avec une sorte de vivacité, mais sans la moindre émotion.

En effet, elle démêlait en Paz une sorte de servitude volontaire. Cette idée n'allait pas alors sans une sorte de mésestime pour un amphibie social, un être à la fois secrétaire et intendant, ni tout à fait intendant ni tout à fait secrétaire, quelque parent pauvre ; un ami gênant.

– C'est, comtesse, répondit-il assez librement, qu'il n'y a pas de remerciements à me faire : je suis l'ami d'Adam, et je mets mon plaisir à prendre soin de ses intérêts.

– Tu restes debout pour ton plaisir aussi, dit le comte Adam.

Paz s'assit sur un fauteuil auprès de la portière.

– Je me souviens de vous avoir vu lors de mon mariage, et quelquefois dans la cour, dit la jeune femme. Mais pourquoi vous placer dans une condition d'infériorité, vous, l'ami d'Adam ?

– L'opinion des Parisiens m'est tout à fait indifférente, dit-il. Je vis pour moi, ou, si vous voulez, pour vous deux.

– Mais l'opinion du monde sur l'ami de mon mari ne peut pas m'être indifférente…

– Oh ! madame, le monde est bientôt satisfait avec ce mot : c'est un original ! Dites-le.

Un moment de silence.

– Comptez-vous sortir, demanda-t-il.

– Voulez-vous venir au bois ? répondit la comtesse.

– Volontiers.

Sur ce mot, Paz sortit en saluant.

– Quel bon être ! il a la simplicité d'un enfant, dit Adam.

– Racontez-moi maintenant vos relations avec lui, demanda Clémentine.

– Paz, ma chère âme, dit Laginski, est d'une noblesse aussi vieille et aussi illustre que la nôtre. Lors de leurs désastres, un des Pazzi se sauva de Florence en Pologne, où il s'établit avec quelque fortune, et y fonda la famille Paz, à laquelle on a donné le titre de comte. Cette famille, qui s'est distinguée dans les beaux jours de notre république royale, est devenue riche. La bouture de l'arbre abattu en Italie a poussé si vigoureusement, qu'il y a plusieurs branches de la maison comtale des Paz. Ce n'est donc pas t'apprendre quelque chose d'extraordinaire que de te dire qu'il existe des Paz riches et des Paz pauvres. Notre Paz est le rejeton d'une branche pauvre. Orphelin, sans autre fortune que son épée, il servait dans le régiment du grand-duc Constantin lors de notre révolution. Entraîné dans le parti polonais, il s'est battu comme un Polonais, comme un patriote, comme un homme qui n'a rien : trois raisons pour se bien battre. À la dernière affaire, il se crut suivi par ses soldats et courut sur une batterie russe, il fut pris. J'étais là. Ce trait de courage m'anime : – Allons le chercher ! dis-je à mes cavaliers. Nous chargeons sur la batterie en fourrageurs, et je délivre Paz, moi septième. Nous étions partis vingt, nous revînmes huit, y compris Paz. Varsovie une fois vendue, il a fallu songer à échapper aux Russes. Par un singulier hasard, Paz et moi nous nous sommes trouvés ensemble, à la même heure, au même endroit, de l'autre côté de la Vistule. Je vis arrêter ce pauvre capitaine par des Prussiens qui se sont faits alors les chiens de chasse des Russes. Quand on a repêché un homme dans le Styx, on y tient. Ce nouveau danger de Paz me fit tant de peine, que je me laissai prendre avec lui dans l'intention de le servir. Deux hommes peuvent se sauver là où un seul périt. Grâce à mon nom et à quelques liaisons de parenté avec ceux de qui notre sort dépendait, car nous étions alors entre les mains des Prussiens, on ferma les yeux sur mon évasion. Je fis passer mon cher capitaine pour un soldat sans importance, pour un homme de ma maison, et nous avons pu gagner Dantzick. Nous nous y fourrâmes dans un navire hollandais partant pour Londres, où deux mois après nous abordâmes. Ma mère était tombée malade en Angleterre, et m'y attendait ; Paz et moi, nous l'avons soignée jusqu'à sa mort, que les catastrophes de notre entreprise avancèrent. Nous avons quitté Londres, et j'emmenai Paz en France. En de pareilles adversités, deux hommes deviennent frères. Quand je me suis vu dans Paris, à vingt-deux ans, riche de soixante et quelques mille francs de rentes, sans compter les restes d'une somme provenant des diamants et des tableaux de famille vendus par ma mère, je voulus assurer le sort de Paz avant de me livrer aux dissipations de la vie à Paris. J'avais surpris un peu de tristesse dans les yeux du capitaine, quelquefois il y roulait des larmes contenues. J'avais eu l'occasion d'apprécier son âme, qui est foncièrement noble, grande, généreuse. Peut-être regrettait-il de se voir lié par des bienfaits à un jeune homme de six ans moins âgé que lui, sans avoir pu s'acquitter envers lui. Insouciant et léger comme l'est un garçon, je devais me ruiner au jeu, me laisser entortiller par quelque Parisienne, Paz et moi nous pouvions être un jour désunis. Tout en me promettant de pourvoir à tous ses besoins, j'apercevais bien des chances d'oublier ou d'être hors d'état de payer la pension de Paz. Enfin, mon ange, je voulus lui épargner la peine, la pudeur, la honte de me demander de l'argent ou de chercher vainement son compagnon dans un jour de détresse. Dunquè, un matin, après déjeuner, les pieds sur les chenets, fumant chacun notre pipe, après avoir bien rougi, pris bien des précautions, le voyant me regarder avec inquiétude, je lui tendis une inscription de rentes au porteur de deux mille quatre cents francs.

Clémentine quitta sa place, alla s'asseoir sur les genoux d'Adam, lui passa son bras autour du cou, le baisa au front en lui disant : – Cher trésor, combien je te trouve beau ! – Et qu'a fait Paz ?

– Thaddée, reprit le comte, a pâli sans rien dire...

– Ah ! il se nomme Thaddée ?

– Oui, Thaddée a replié le papier, me l'a rendu en me disant : – J'ai cru, Adam, que c'était entre nous à la vie, à la mort, et que nous ne nous quitterions jamais, tu ne veux donc pas de moi ?

– Ah ! fis-je, tu l'entends ainsi, Thaddée, eh ! bien, n'en parlons plus. Si je me ruine, tu seras ruiné. – Tu n'as pas, me dit-il, assez de fortune pour vivre en Laginski, ne te faut-il pas alors un ami qui s'occupe de tes affaires, qui soit un père et un frère, un confident sûr ? Ma chère enfant, en me disant ces paroles, Paz a eu dans le regard et dans la voix un calme qui couvrait une émotion maternelle, mais qui révélait une reconnaissance d'Arabe, un dévouement de caniche, une amitié de sauvage, sans faste et toujours prête. Ma foi, je l'ai pris comme nous nous prenons, nous autres Polonais, la main sur l'épaule, et je l'embrassai sur les lèvres. – À la vie et à la mort, donc ! Tout ce que j'ai t'appartient, et fais comme tu voudras ! C'est lui qui m'a trouvé cet hôtel pour presque rien. Il a vendu mes rentes en hausse, les a rachetées en baisse, et nous avons payé cette baraque avec les bénéfices. Connaisseur en chevaux, il en trafique si bien que mon écurie coûte fort peu de chose, et j'ai les plus beaux chevaux, les plus charmants équipages de Paris. Nos gens, braves soldats polonais choisis par lui, passeraient dans le feu pour nous. J'ai eu l'air de me ruiner, et Paz tient ma maison avec un ordre et une économie si parfaites qu'il a réparé par là quelques pertes inconsidérées au jeu, des sottises de jeune homme. Mon Thaddée est rusé comme deux Génois, ardent au gain comme un juif polonais, prévoyant comme une bonne ménagère. Jamais je n'ai pu le décider à vivre comme moi quand j'étais garçon. Parfois, il a fallu les douces violences de l'amitié pour l'emmener au spectacle quand j'y allais seul, ou dans les dîners que je donnais au cabaret à de joyeuses compagnies. Il n'aime pas la vie des salons.

– Qu'aime-t-il donc ? demanda Clémentine.

– Il aime la Pologne, il la pleure. Ses seules dissipations ont été les secours envoyés plus en mon nom qu'au sien à quelques-uns de nos pauvres exilés.

– Tiens, mais je vais l'aimer, ce brave garçon, dit la comtesse, il me paraît simple comme ce qui est vraiment grand.

– Toutes les belles choses que tu as trouvées ici, reprit Adam qui trahissait la plus noble des sécurités en vantant son ami, Paz les a dénichées, il les a eues aux ventes ou dans les occasions. Oh ! il est plus marchand que les marchands. Quand tu le verras se frottant les mains dans la cour, dis-toi qu'il a troqué un bon cheval contre un meilleur. Il vit par moi, son bonheur est de me voir élégant, dans un équipage resplendissant. Les devoirs qu'il s'impose à lui-même, il les accomplit sans bruit, sans emphase. Un soir, j'ai perdu vingt mille francs au whist. Que dira Paz ? me suis-je écrié en revenant. Paz me les a remis, non sans lâcher un soupir ; mais il ne m'a pas seulement blâmé par un regard. Ce soupir m'a plus retenu que les remontrances des oncles, des femmes ou des mères en pareil cas. – Tu les regrettes ? lui ai-je dit. – Oh ! ni pour toi ni pour moi ; non, j'ai seulement pensé que vingt pauvres Paz vivraient de cela pendant une année. Tu comprends que les Pazzi valent les Laginski. Aussi n'ai-je jamais voulu voir un inférieur dans mon cher Paz. J'ai tâché d'être aussi grand dans mon genre qu'il l'est dans le sien. Je ne suis jamais sorti de chez moi, ni rentré, sans aller chez Paz comme j'irais chez mon père. Ma fortune est la sienne. Enfin Thaddée est certain que je me précipiterais aujourd'hui dans un danger pour l'en tirer, comme je l'ai fait deux fois.

– Ce n'est pas peu dire, mon ami, dit la comtesse. Le dévouement est un éclair. On se dévoue à la guerre et l'on ne se dévoue plus à Paris.

– Eh bien ! reprit Adam, pour Paz, je suis toujours à la guerre. Nos deux caractères ont conservé leurs aspérités et leurs défauts, mais la mutuelle connaissance de nos âmes a resserré les liens déjà si étroits de notre amitié. On peut sauver la vie à un homme et le tuer après, si nous trouvons en lui un mauvais compagnon ; mais ce qui rend les amitiés indissolubles, nous l'avons éprouvé. Chez nous, il y a cet échange constant d'impressions heureuses de part et d'autre, qui peut-être fait sous ce rapport l'amitié plus riche que l'amour.

Une jolie main ferma la bouche au comte si promptement que le geste ressemblait à un soufflet.

– Mais oui, dit-il. L'amitié, mon ange, ignore les banqueroutes du sentiment et les faillites du plaisir. Après avoir donné plus qu'il n'a, l'amour finit par donner moins qu'il ne reçoit.

– D'un côté, comme de l'autre, dit en souriant Clémentine.

– Oui, reprit Adam ; tandis que l'amitié ne peut que s'augmenter. Tu n'as pas à faire la moue : nous sommes, mon ange, aussi amis qu'amants. Nous avons, du moins, je l'espère, réuni les deux sentiments dans notre heureux mariage.

– Je vais t'expliquer ce qui vous a rendus si bons amis, dit Clémentine. La différence de vos deux existences vient de vos goûts et non d'un choix obligé, de votre fantaisie et non de vos positions. Autant qu'on peut juger un homme en l'entrevoyant, et d'après ce que tu me dis, ici le subalterne peut devenir dans certains moments le supérieur.

– Oh ! Paz m'est vraiment supérieur, répliqua naïvement Adam. Je n'ai d'autre avantage sur lui que le hasard.

Sa femme l'embrassa pour la noblesse de cet aveu.

– L'excessive adresse avec laquelle il cache la grandeur de ses sentiments est une immense supériorité, reprit le comte. Je lui ai dit : – Tu es un sournois, tu as dans le cœur de vastes domaines où tu te retires. Il a droit au titre de comte Paz, il ne se fait appeler à Paris que le capitaine.

– Enfin, le Florentin du moyen âge a reparu à trois cents ans de distance, dit la comtesse. Il y a du Dante et du Michel-Ange chez lui.

– Tiens, tu as raison, il est poëte par l'âme, répondit Adam.

– Me voilà donc mariée à deux Polonais, dit la jeune comtesse avec un geste digne de Marie Dorval.

– Chère enfant ! dit Adam en pressant Clémentine sur lui, tu m'aurais fait bien du chagrin si mon ami ne t'avait pas plu : nous en avions peur l'un et l'autre, quoiqu'il ait été ravi de mon mariage. Tu le rendras très-heureux en lui disant que tu l'aimes… ah ! comme un vieil ami.

– Je vais donc m'habiller, il fait beau, nous sortirons tous trois, dit Clémentine en sonnant sa femme de chambre.

Paz menait une vie si souterraine que tout le Paris élégant se demanda qui accompagnait Clémentine Laginska lorsqu'on la vit allant au bois de Boulogne et en revenant entre Thaddée et son mari. Clémentine avait exigé, pendant la promenade, que Thaddée dînât avec elle. Ce caprice de souveraine absolue força le capitaine à faire une toilette insolite. Au retour du bois, Clémentine se mit avec une certaine coquetterie, et de manière à produire de l'impression sur Adam lui-même en entrant dans le salon où les deux amis l'attendaient.

— Comte Paz, dit-elle, nous irons ensemble à l'Opéra.

Ce fut dit de ce ton qui, chez les femmes, signifie : Si vous me refusez, nous nous brouillons.

— Volontiers, madame, répondit le capitaine. Mais comme je n'ai pas la fortune d'un comte, appelez-moi simplement capitaine.

— Eh bien, capitaine, donnez-moi le bras, dit-elle en le lui prenant et l'emmenant dans la salle à manger par mouvement plein de cette onctueuse familiarité qui ravit les amoureux.

La comtesse plaça près d'elle le capitaine, dont l'attitude fut celle d'un sous-lieutenant pauvre dînant chez un riche général. Paz laissa parler Clémentine, l'écouta tout en lui témoignant la déférence qu'on a pour un supérieur, ne la contredit en rien et attendit une interrogation formelle avant de répondre. Enfin il parut presque stupide à la comtesse, dont les coquetteries échouèrent devant ce sérieux glacial et ce respect diplomatique. En vain Adam lui disait : — Egaie-toi donc, Thaddée ! On penserait que tu n'es pas chez toi ! Tu as sans doute fait la gageure de déconcerter Clémentine ? Thaddée resta lourd et endormi. Quand les maîtres furent seuls à la fin du dessert, le capitaine expliqua comment sa vie était arrangée au rebours de celle des gens du monde : il se couchait à huit heures et se levait de grand matin ; il mit ainsi sa contenance sur une grande envie de dormir.

— Mon intention, en vous emmenant à l'Opéra, capitaine, était de vous amuser ; mais faites comme vous voudrez, dit Clémentine un peu piquée.

– J'irai, répondit Paz.

– Duprez chante Guillaume Tell, reprit Adam, mais peut-être aimerais-tu mieux venir aux Variétés ?

Le capitaine sourit et sonna ; le valet de chambre vint : – Constantin, lui dit-il, attellera la voiture au lieu d'atteler le coupé. Nous ne tiendrions pas sans être gênés, ajouta-t-il en regardant le comte.

– Un Français aurait oublié cela, dit Clémentine en souriant.

– Ah ! mais nous sommes des Florentins transplantés dans le Nord, répondit Thaddée avec une finesse d'accent et avec un regard qui firent voir dans sa conduite à table l'effet d'un parti pris.

Par une imprudence assez concevable, il y eut trop de contraste entre la mise en scène involontaire de cette phrase et l'attitude de Paz pendant le dîner. Clémentine examina le capitaine par une de ces œillades sournoises qui annoncent à la fois de l'étonnement et de l'observation chez les femmes. Aussi, pendant le temps où tous trois ils prirent le café au salon, régna-t-il un silence assez gênant pour Adam, incapable d'en deviner le pourquoi. Clémentine n'agaçait plus Thaddée. De son côté le capitaine reprit sa raideur militaire et ne la quitta plus, ni pendant la route ni dans la loge où il feignit de dormir.

– Vous voyez, madame, que je suis un bien ennuyeux personnage, dit-il au dernier acte de Guillaume Tell, pendant la danse. N'avais-je pas bien raison de rester, comme on dit, dans ma spécialité ?

– Ma foi, mon cher capitaine, vous n'êtes ni charlatan ni causeur, vous êtes très-peu Polonais.

– Laissez-moi donc, reprit-il, veiller à vos plaisirs, à votre fortune et à votre maison, je ne suis bon qu'à cela.

– Tartufe, va ! dit en souriant le comte Adam. Ma chère, il est plein de cœur, il est instruit ; il pourrait, s'il voulait, tenir sa place dans un salon. Clémentine, ne prends pas sa modestie au mot.

– Adieu, comtesse, j'ai fait preuve de complaisance, je me sers de votre voiture pour aller dormir au plus tôt, et vais vous la renvoyer.

Clémentine fit une inclination de tête et le laissa partir sans rien répondre.

– Quel ours ! dit-elle au comte. Tu es bien plus gentil, toi !

Adam serra la main de sa femme sans qu'on pût le voir.

– Pauvre cher Thaddée, il s'est efforcé de se faire repoussoir là où bien des hommes auraient tâché de paraître plus aimables que moi. – Oh ! dit-elle, je ne sais pas s'il n'y a point de calcul dans sa conduite : il aurait intrigué une femme ordinaire.

Une demi-heure après, pendant que Boleslas le chasseur criait : La porte ! que le cocher, sa voiture tournée pour entrer, attendait que les deux battants fussent ouverts, Clémentine dit au comte : – Où perche donc le capitaine ?

– Tiens, là ! répondit Adam en montrant un petit étage en attique élégamment élevé de chaque côté de la porte cochère et dont une fenêtre donnait sur la rue. Son appartement s'étend au-dessus des remises.

– Et qui donc occupe l'autre côté ?

– Personne encore, répondit Adam. L'autre petit appartement situé au-dessus des écuries sera pour nos enfants et pour leur précepteur.

– Il n'est pas couché, dit la comtesse en apercevant de la lumière chez Thaddée quand la voiture fut sous le portique à colonnes copiées sur celles des Tuileries et qui remplaçait la vulgaire marquise de zinc peint en coutil.

Le capitaine en robe de chambre, une pipe à la main, regardait Clémentine entrant dans le vestibule. La journée avait été rude pour lui. Voici pourquoi. Thaddée eut dans le cœur un terrible mouvement le jour où, conduit par Adam aux Italiens pour la juger, il avait vu mademoiselle du Rouvre ; puis, quand il la revit à la mairie et à Saint-Thomas-d'Aquin, il reconnut en elle cette femme que tout homme doit aimer exclusivement, car don Juan lui-même en préférait une dans les mille e tre ! Aussi Paz conseilla-t-il fortement le voyage classique après le mariage. Quasi tranquille pendant tout le temps que dura l'absence de Clémentine, ses souffrances recommençaient depuis le retour de ce joli ménage. Or, voici ce qu'il pensait en fumant du lataki dans sa pipe de merisier longue de six pieds, un présent d'Adam : – Moi seul et Dieu, qui me récompensera d'avoir souffert en silence, nous devons seuls savoir à quel point je l'aime ! Mais comment n'avoir ni son amour ni sa haine ?

Et il réfléchissait à perte de vue sur ce théorème de stratégie amoureuse. Il ne faut pas croire que Thaddée vécût sans plaisir au milieu de sa douleur. Les sublimes tromperies de cette journée furent des sources de joie intérieure. Depuis le retour de Clémentine et d'Adam, il éprouvait de jour en jour des satisfactions ineffables en se voyant nécessaire à ce ménage qui, sans son dévouement, eût marché certainement à sa ruine. Quelle fortune résisterait aux prodigalités de la vie parisienne ? Élevée chez un père dissipateur, Clémentine ne savait rien de la tenue d'une maison, qu'aujourd'hui les femmes les plus riches, les plus nobles sont obligées de surveiller par elles-mêmes. Qui maintenant peut avoir un intendant ? Adam, de son côté, fils d'un de ces grands seigneurs polonais qui se laissent dévorer par les juifs, incapable d'administrer les débris d'une des plus immenses fortunes de Pologne, où il y en a d'immenses, n'était pas d'un caractère à brider ni ses fantaisies ni celles de sa femme. Seul, il se fût ruiné peut-être avant son mariage. Paz l'avait empêché de jouer à la Bourse, n'est-ce pas déjà tout dire ? Ainsi, en se sentant aimer malgré lui Clémentine, Paz n'eut pas la ressource de quitter la maison et d'aller voyager pour oublier sa passion. La reconnaissance, ce mot de l'énigme que présentait sa vie, le clouait dans cet hôtel où lui seul pouvait être l'homme d'affaires de cette famille insouciante. Le voyage d'Adam et de Clémentine lui fit espérer du calme ; mais la comtesse, revenue plus belle, jouissant de cette liberté d'esprit que le mariage offre aux Parisiennes, déployait toutes les grâces d'une jeune femme, et ce je ne sais quoi d'attrayant qui vient du bonheur ou de l'indépendance que lui donnait un jeune homme aussi confiant, aussi vraiment chevaleresque, aussi amoureux qu'Adam. Avoir la certitude d'être la cheville ouvrière de la splendeur de cette maison, voir Clémentine descendant de voiture au retour d'une fête ou partant le matin pour le bois, la rencontrer sur les boulevards dans sa jolie voiture, comme une fleur dans sa coque de feuilles, inspirait au pauvre Thaddée des voluptés mystérieuses et pleines qui s'épanouissaient au fond de son cœur, sans que jamais la moindre trace en parût sur son visage. Comment, depuis cinq mois, la comtesse eût-elle aperçu le capitaine ? il se cachait d'elle en dérobant le soin qu'il mettait à l'éviter. Rien ne ressemble plus à l'amour divin que l'amour sans espoir. Un homme ne doit-il pas avoir une certaine profondeur dans le cœur pour se dévouer dans le silence et dans l'obscurité ? Cette profondeur, où se tapit un orgueil de père et de Dieu, contient le culte de l'amour pour l'amour, comme le pouvoir pour le pouvoir fut le mot de la vie des jésuites, avarice sublime en ce qu'elle est constamment généreuse et modelée enfin sur la mystérieuse existence des principes du monde. L'Effet, n'est-ce pas la Nature ? et la Nature est enchanteresse, elle appartient à l'homme, au poëte, au peintre, à l'amant ; mais la Cause n'est-elle pas, aux yeux de quelques âmes privilégiées et pour certains penseurs gigantesques, supérieure à la Nature ? La Cause, c'est Dieu. Dans cette sphère des causes vivent les Newton, les Laplace, les Kepler, les Descartes, les Malebranche, les Spinosa, les Buffon, les vrais poètes et les solitaires du second âge chrétien, les sainte Thérèse de l'Espagne et les sublimes extatiques. Chaque sentiment humain comporte des analogies avec cette situation où l'esprit abandonne l'Effet pour la Cause, et Thaddée avait atteint à cette hauteur où tout change d'aspect. En proie à des joies de créateur indicibles, Thaddée était en amour ce que nous connaissons de plus grand dans les fastes du génie.

— Non, elle n'est pas entièrement trompée, se disait-il en suivant la fumée de sa pipe. Elle pourrait me brouiller sans retour avec Adam si elle me prenait en grippe ; et si elle coquettait pour me tourmenter, que deviendrais-je ?

La fatuité de cette dernière supposition était si contraire au caractère modeste et à l'espèce de timidité germanique du capitaine, qu'il se gourmanda de l'avoir eue et se coucha résolu d'attendre les événements avant de prendre un parti.

Le lendemain, Clémentine déjeuna très-bien sans Thaddée, et sans s'apercevoir de son manque d'obéissance. Ce lendemain se trouva son jour de réception, qui, chez elle, comportait une splendeur royale. Elle ne fit pas attention à l'absence du capitaine sur qui roulaient les détails de ces journées d'apparat.

— Bon ! se dit-il en entendant les équipages s'en aller sur les deux heures du matin, la comtesse n'a eu qu'une fantaisie ou une curiosité de Parisienne.

Le capitaine reprit donc ses allures ordinaires pour un moment dérangées par cet incident. Détournée par les préoccupations de la vie parisienne, Clémentine parut avoir oublié Paz. Pense-t-on, en effet, que ce soit peu de chose que de régner sur cet inconstant Paris ? Croirait-on, par hasard, qu'à ce jeu suprême on risque seulement sa fortune ? Les hivers sont pour les femmes à la mode ce que fut jadis une campagne pour les militaires de l'empire. Quelle œuvre d'art et de génie qu'une toilette ou une coiffure destinées à faire sensation ! Une femme frêle et délicate garde son dur et brillant harnais de fleurs et de diamants, de soie et d'acier, de neuf heures du soir à deux et souvent trois heures du matin. Elle mange peu pour attirer le regard sur une taille fine ; à la faim qui la saisit pendant la soirée, elle oppose des tasses de thé débilitantes, des gâteaux sucrés, des glaces échauffantes ou de lourdes tranches de pâtisseries. L'estomac doit se plier aux ordres de la coquetterie. Le réveil a lieu très-tard. Tout est alors en contradiction avec les lois de la nature, et la nature est impitoyable. À peine levée, une femme à la mode recommence une toilette du matin, pense à sa toilette de l'après-midi. N'a-t-elle pas à recevoir, à faire des visites, à aller au bois à cheval ou en voiture ? Ne faut-il pas toujours s'exercer au manège des sourires, se tendre l'esprit à forger des compliments qui ne paraissent ni communs ni recherchés ? Et toutes les femmes n'y réussissent pas. Étonnez-vous donc, en voyant une jeune femme que le monde a reçue fraîche, de la retrouver trois ans après flétrie et passée. À peine six mois passés à la campagne guérissent-ils les plaies faites par l'hiver ? On n'entend aujourd'hui parler que de gastrites, de maux étranges, inconnus d'ailleurs aux femmes occupées de leurs ménages. Autrefois la femme se montrait quelquefois ; aujourd'hui, elle est toujours en scène. Clémentine avait à lutter : on commençait à la citer, et dans les soins exigés par cette bataille entre elle et ses rivales, à peine y avait-il place pour l'amour de son mari. Thaddée pouvait bien être oublié.

Cependant un mois après, au mois de mai, quelques jours avant de partir pour la terre de Ronquerolles, en Bourgogne, au retour du bois, elle aperçut, dans la contre-allée des Champs-Elysées, Thaddée mis avec recherche, s'extasiant à voir sa comtesse belle dans sa calèche, les chevaux fringants, les livrées étincelantes, enfin son cher ménage admiré.

– Voilà le capitaine, dit-elle à son mari.

– Comme il est heureux ! répondit Adam. Voilà ses fêtes ! Il n'y a pas d'équipage mieux tenu que le nôtre, et il jouit de voir tout le monde enviant notre bonheur. Ah ! tu le remarques pour la première fois, mais il est là presque tous les jours.

– À quoi peut-il penser ? dit Clémentine.

– Il pense en ce moment que l'hiver a coûté bien cher et que nous allons faire des économies chez ton vieil oncle Ronquerolles, répondit Adam.

La comtesse ordonna d'arrêter devant Paz et le fit asseoir à côté d'elle dans la calèche. Thaddée devint rouge comme une cerise.

– Je vais vous empester, dit-il, je viens de fumer des cigares.

– Adam ne m'empeste-t-il pas ? répondit-elle vivement.

– Oui, mais c'est Adam, répliqua le capitaine.

– Et pourquoi Thaddée n'aurait-il pas les mêmes privilèges ? dit la comtesse en souriant.

Ce divin sourire eut une force qui triompha des héroïques résolutions de Paz ; il regarda Clémentine avec tout le feu de son âme dans ses yeux, mais tempéré par le témoignage angélique de sa reconnaissance, à lui, homme qui ne vivait que par ce sentiment. La comtesse se croisa les bras dans son châle, s'appuya pensive sur les coussins en y froissant les plumes de son joli chapeau, et arrêta ses yeux sur les passants. Cet éclair d'une âme grande et jusque-là résignée attaqua sa sensibilité. Quel était après tout à ses yeux le mérite d'Adam ? N'est-il pas naturel d'avoir du courage et de la générosité ? Mais le capitaine !… Thaddée possédait de plus qu'Adam ou paraissait posséder une immense supériorité. Quelles funestes pensées saisirent la comtesse en observant de nouveau le contraste de la belle nature si complète qui distinguait Thaddée et de cette grêle nature qui, chez

Adam, indiquait la dégénérescence forcée des familles aristocratiques assez insensées pour toujours s'allier entre elles ? Ces pensées, le diable seul les connut ; car la jeune femme demeura les yeux penseurs mais vagues, sans rien dire jusqu'à l'hôtel.

– Vous dînez avec nous, autrement je me fâcherais de ce que vous m'avez désobéi, dit-elle en entrant. Vous êtes Thaddée pour moi comme pour Adam. Je sais les obligations que vous lui avez, mais je sais aussi toutes celles que nous vous avons. Pour deux mouvements de générosité, qui sont si naturels, vous êtes généreux à toute heure et tous les jours. Mon père vient dîner avec nous, ainsi que mon oncle Ronquerolles et ma tante de Sérizy, habillez-vous, dit-elle en prenant la main qu'il lui tendait pour l'aider à descendre de voiture.

Thaddée monta chez lui pour s'habiller, le cœur à la fois heureux et comprimé par un tremblement horrible. Il descendit au dernier moment et rejoua pendant le dîner son rôle de militaire, bon seulement à remplir les fonctions d'un intendant. Mais cette fois Clémentine ne fut pas la dupe de Paz, dont le regard l'avait éclairée. Ronquerolles, l'ambassadeur le plus habile après le prince de Talleyrand et qui servit si bien de Marsay pendant son court ministère, fut instruit par sa nièce de la haute valeur du comte Paz, qui se faisait si modestement l'intendant de son ami Mitgislas.

– Et comment est-ce la première fois que je vois le comte Paz ? dit le marquis de Ronquerolles.

– Eh ! il est sournois et cachotier, répondit Clémentine en lançant un regard à Paz pour lui dire de changer sa manière d'être.

Hélas ! il faut l'avouer, au risque de rendre le capitaine moins intéressant, Paz, quoique supérieur à son ami Adam, n'était pas un homme fort. Sa supériorité apparente, il la devait au malheur. Dans ses jours de misère et d'isolement, à Varsovie, il lisait, il s'instruisait, il comparait et méditait ;

mais le don de création qui fait le grand homme, il ne le possédait point, et peut-il jamais s'acquérir ? Paz, uniquement grand par le cœur, allait alors au sublime ; mais dans la sphère des sentiments, plus homme d'action que de pensées, il gardait sa pensée pour lui. Sa pensée ne servait alors qu'à lui ronger le cœur. Et qu'est-ce d'ailleurs qu'une pensée inexprimée !

Sur le mot de Clémentine, le marquis de Ronquerolles et sa sœur échangèrent un singulier regard en se montrant leur nièce, le comte Adam et Paz. Ce fut une de ces scènes rapides qui n'ont lieu qu'en Italie et à Paris. Dans ces deux endroits du monde, toutes les cours exceptées, les yeux savent dire autant de choses. Pour communiquer à l'œil toute la puissance de l'âme, lui donner la valeur d'un discours, y mettre un poème ou un drame d'un seul coup, il faut ou l'excessive servitude ou l'excessive liberté. Adam, le marquis du Rouvre et la comtesse n'aperçurent point cette lumineuse observation d'une vieille coquette et d'un vieux diplomate ; mais Paz, ce chien fidèle, en comprit les prophéties. Ce fut, remarquez-le, l'affaire de deux secondes. Vouloir peindre l'ouragan qui ravagea l'âme du capitaine, ce serait être trop diffus par le temps qui court.

– Quoi ! déjà la tante et l'oncle croient que je puis être aimé. Maintenant mon bonheur ne dépend plus que de mon audace ? Et Adam !…

L'Amour idéal et le Désir, tous deux aussi puissants que la Reconnaissance et l'Amitié, s'entre-choquèrent, et l'Amour l'emporta pour un moment. Ce pauvre admirable amant voulut avoir sa journée ! Paz devint spirituel, il voulut plaire, et raconta l'insurrection polonaise à grands traits sur une explication demandée par le diplomate. Paz vit alors, au dessert, Clémentine suspendue à ses lèvres, le prenant pour un héros, et oubliant qu'Adam, après avoir sacrifié le tiers de son immense fortune, avait encouru les chances de l'exil. À neuf heures, le café pris, madame de Sérizy baisa sa nièce au front en lui serrant la main, et emmena d'autorité le comte Adam en laissant les marquis du Rouvre et de Ronquerolles, qui, dix minutes après, s'en allèrent. Paz et Clémentine restèrent seuls.

– Je vais vous laisser, madame, dit Thaddée, car vous les rejoindrez à l'Opéra.

– Non, répondit-elle, la danse ne me plaît pas ; et l'on donne ce soir un ballet détestable, la Révolte au Sérail.

Un moment de silence.

– Il y a deux ans, Adam n'y serait pas allé sans moi ! reprit-elle sans regarder Paz.

– Il vous aime à la folie… répondit Thaddée.

– Eh ! c'est parce qu'il m'aime à la folie qu'il ne m'aimera peut-être plus demain, s'écria la comtesse.

– Les Parisiennes sont inexplicables, dit Thaddée. Quand elles sont aimées à la folie, elles veulent être aimées raisonnablement ; et quand on les aime raisonnablement, elles vous reprochent de ne pas savoir aimer.

– Et elles ont toujours raison, Thaddée, reprit-elle en souriant. Je connais bien Adam, je ne lui en veux point : il est léger et surtout grand seigneur, il sera toujours content de m'avoir pour sa femme et ne me contrariera jamais dans aucun de mes goûts ; mais…

– Quel est le mariage où il n'y a pas de mais ? dit tout doucement Thaddée en tâchant de donner un autre cours aux pensées de la comtesse.

L'homme le moins avantageux aurait eu peut-être la pensée qui faillit rendre cet amoureux fou et que voici : – Si je ne lui dis pas que je l'aime, je suis un imbécile ! se dit le capitaine.

Il régnait entre eux un de ces terribles silences qui crèvent de pensées.

La comtesse examinait Paz en dessous, de même que Paz la contemplait dans la glace. En s'enfonçant dans sa bergère en homme repu qui digère, un vrai geste de mari ou de vieillard indifférent, Paz croisa ses mains sur son ventre, fit passer rapidement et machinalement ses pouces l'un sur l'autre, et regarda le feu bêtement.

– Mais dites-moi donc du bien d'Adam !... s'écria Clémentine. Dites-moi que ce n'est pas un homme léger, vous qui le connaissez !

Ce cri fut sublime.

– Voici donc le moment venu d'élever entre nous des barrières insurmontables, pensa le pauvre Paz en concevant un héroïque mensonge.

– Du bien ?... reprit-il, je l'aime trop, vous ne me croiriez point. Je suis incapable de vous en dire du mal. Ainsi... mon rôle, madame, est bien difficile entre vous deux.

Clémentine baissa la tête et regarda le bout des souliers vernis de Paz.

– Vous autres gens du Nord, vous n'avez que le courage physique, vous manquez de constance dans vos décisions, dit-elle en murmurant.

– Qu'allez-vous faire seule, madame ? répondit Paz en prenant un air d'ingénuité parfait.

– Vous ne me tenez donc pas compagnie ?

– Pardonnez-moi de vous quitter...

– Comment ! où allez-vous ?

– Je vais au Cirque, il ouvre aux Champs-Élysées ce soir, et je ne puis y manquer...

– Et pourquoi ? dit Clémentine en l'interrogeant par un regard à demi colère.

– Faut-il vous ouvrir mon cœur, reprit-il en rougissant, vous confier ce que je cache à mon cher Adam, qui croit que je n'aime que la Pologne.

– Ah ! un secret chez notre noble capitaine ?

– Une infamie que vous comprendrez et de laquelle vous me consolerez.

– Vous, infâme ?...

– Oui, moi, comte Paz, je suis amoureux fou d'une fille qui courait la France avec la famille Bouthor, des gens qui ont un cirque à l'instar de celui de Franconi, mais qui n'exploitent que les foires ! Je l'ai fait engager par le directeur du Cirque-Olympique.

– Elle est belle ? dit la comtesse.

– Pour moi, reprit-il mélancoliquement. Malaga, tel est son nom de guerre, est forte, agile et souple. Pourquoi je la préfère à toutes les femmes du monde ?... en vérité ! je ne saurais le dire. Quand je la vois, ses cheveux noirs retenus par un bandeau de satin bleu flottant sur ses épaules olivâtres et nues, vêtue d'une tunique blanche à bordure dorée et d'un maillot en tricot de soie qui en fait une statue grecque vivante, les pieds dans des chaussons de satin éraillé, passant des drapeaux à la main, aux sons d'une musique militaire, à travers un immense cerceau dont le papier se déchire en l'air, quand le cheval fuit au grand galop, et qu'elle retombe avec grâce sur lui, applaudie, sans claqueurs, par tout un peuple... eh bien ! ça m'émeut ?

– Plus qu'une belle femme au bal ?... dit Clémentine avec une surprise provocante.

– Oui, répondit Paz d'une voix étranglée. Cette admirable agilité, cette grâce constante dans un constant péril me paraissent le plus beau triomphe d'une femme… Oui, madame, Rachel et la Dorval, la Cinti et la Malibran, la Grisi et la Taglioni, la Pasta et l'Essler, tout ce qui règne ou régna sur les planches ne me semble pas digne de délier les cothurnes de Malaga qui sait descendre et remonter sur un cheval au grandissime galop, qui se glisse dessous à gauche pour remonter à droite, qui voltige comme un feu follet blanc autour de l'animal le plus fougueux, qui peut se tenir sur la pointe d'un seul pied et tomber assise les pieds pendants sur le dos de ce cheval toujours au galop, et qui, enfin, debout sur le coursier sans bride, tricote des bas, casse des œufs ou fricasse une omelette à la profonde admiration du peuple, du vrai peuple, les paysans et les soldats ! À la parade, jadis cette délicieuse Colombine portait des chaises sur le bout de son nez, le plus joli nez grec que j'aie vu. Malaga, madame, est l'adresse en personne. D'une force herculéenne, elle n'a besoin que de son poing mignon ou de son petit pied pour se débarrasser de trois ou quatre hommes. C'est enfin la déesse de la gymnastique.

– Elle doit être stupide…

– Oh ! reprit Paz, amusante comme l'héroïne de Péveril du Pic ! Insouciante comme un Bohême, elle dit tout ce qui lui passe par la tête, elle se soucie de l'avenir comme vous pouvez vous soucier des sous que vous jetez à un pauvre, et il lui échappe des choses sublimes. Jamais on ne lui prouvera qu'un vieux diplomate soit un beau jeune homme, et un million ne la ferait pas changer d'avis. Son amour est pour un homme une flatterie perpétuelle. D'une santé vraiment insolente, ses dents sont trente-deux perles d'un orient délicieux et enchâssées dans un corail. Son mufle, elle appelle ainsi le bas de sa figure, a, selon l'expression de Shakspeare, la verdeur, la saveur d'un museau de génisse. Et ça donne de cruels chagrins ! Elle estime de beaux hommes, des hommes forts, des Adolphe, des

Auguste, des Alexandre, des bateleurs et des paillasses. Son instructeur, un affreux Cassandre, la rouait de coups, et il en a fallu des milliers pour lui donner sa souplesse, sa grâce, son intrépidité.

– Vous êtes ivre de Malaga ! dit la comtesse.

– Elle ne se nomme Malaga que sur l'affiche, dit Paz d'un air piqué. Elle demeure rue Saint-Lazare, dans un petit appartement au troisième, dans le velours et la soie, et vit là comme une princesse. Elle a deux existences, sa vie foraine et sa vie de jolie femme.

– Et vous aime-t-elle ?

– Elle m'aime… vous allez rire… uniquement parce que je suis Polonais ! Elle voit toujours les Polonais d'après la gravure de Poniatowski sautant dans l'Elster, car pour toute la France l'Elster, où il est impossible de se noyer, est un fleuve impétueux qui a englouti Poniatowski… Au milieu de tout cela, je suis bien malheureux, madame…

Une larme de rage qui coula dans les yeux de Thaddée émut Clémentine.

– Vous aimez l'extraordinaire, vous autres hommes !

– Et vous donc ? fit Thaddée.

– Je connais si bien Adam que je suis sûre qu'il m'oublierait pour quelque faiseuse de tours comme votre Malaga. Mais où l'avez-vous vue ?

– À Saint-Cloud, au mois de septembre dernier, le jour de la fête. Elle était dans le coin de l'échafaud couvert de toiles où se font les parades. Ses camarades, tous en costumes polonais, donnaient un effroyable charivari. Je l'ai aperçue muette, silencieuse, et j'ai cru deviner des pensées de mélancolie chez elle. N'y avait-il pas de quoi pour une fille de vingt ans ? Voilà ce qui m'a touché.

La comtesse était dans une pose délicieuse, pensive, quasi triste.

– Pauvre, pauvre Thaddée ! s'écria-t-elle. Et avec la bonhomie de la véritable grande dame, elle ajouta non sans un sourire fin : – Allez, allez au Cirque !

Thaddée lui prit la main, la lui baisa en y laissant une larme chaude, et sortit. Après avoir inventé sa passion pour une écuyère, il devait lui donner quelque réalité. Dans son récit, il n'y avait de vrai que le moment d'attention obtenu par l'illustre Malaga, l'écuyère de la famille Bouthor, à Saint-Cloud, et dont le nom venait de frapper ses yeux le matin dans l'affiche du Cirque. Le paillasse, gagné par une seule pièce de cent sous, avait dit à Paz que l'écuyère était un enfant trouvé, volé peut-être. Thaddée alla donc au Cirque et revit la belle écuyère. Moyennant dix francs, un palefrenier, qui là remplace les habilleuses du théâtre, lui apprit que Malaga se nommait Marguerite Turquet, et demeurait rue des Fossés-du-Temple, à un cinquième étage.

Le lendemain, la mort dans l'âme, Paz se rendit au faubourg du Temple et demanda mademoiselle Turquet, pendant l'été la doublure de la plus illustre écuyère du Cirque, et comparse au théâtre pendant l'hiver.

– Malaga ! cria la portière en se précipitant dans la mansarde, un beau monsieur pour vous ! il prend des renseignements auprès de Chapuzot qui le fait droguer pour me donner le temps de t'avertir.

– Merci, mame Chapuzot ; mais que pensera-t-il en me voyant repasser ma robe ?

– Ah bah ! quand on aime, on aime tout de son objet.

— Est-ce un Anglais ? ils aiment les chevaux !

— Non, il me fait l'effet d'être un Espagnol.

— Tant pis ! on dit les Espagnols dans la débine… Restez donc avec moi, mame Chapuzot, je n'aurai pas l'air d'une abandonnée…

— Que demandez-vous, monsieur ? dit à Thaddée la portière en ouvrant la porte.

— Mademoiselle Turquet.

— Ma fille, répondit la portière en se drapant, voici quelqu'un qui vous réclame.

Une corde sur laquelle séchait du linge décoiffa le capitaine.

— Que désirez-vous, monsieur ? dit Malaga en ramassant le chapeau de Paz…

— Je vous ai vue au Cirque, vous m'avez rappelé une fille que j'ai perdue, mademoiselle ; et par attachement pour mon Héloïse à qui vous ressemblez d'une manière frappante, je veux vous faire du bien, si toutefois vous le permettez.

— Comment donc ! mais asseyez-vous donc, général, dit madame Chapuzot, On n'est pas plus honnête… ni plus galant.

— Je ne suis pas un galant, ma chère dame, fit Paz, je suis un père au désespoir qui veut se tromper par une ressemblance.

— Ainsi je passerai pour votre fille ? dit Malaga très-finement et sans soupçonner la profonde véracité de cette proposition.

– Oui, dit Paz, je viendrai vous voir quelquefois, et pour que l'illusion soit complète, je vous logerai dans un bel appartement, richement meublé…

– J'aurai des meubles ? dit Malaga en regardant la Chapuzot.

– Et des domestiques, reprit Paz, et toutes vos aises.

Malaga regarda l'étranger en dessous.

– De quel pays est monsieur ?

– Je suis Polonais.

– J'accepte alors, dit-elle.

Paz sortit en promettant de revenir.

– En voilà une sévère ! dit Marguerite Turquet en regardant madame Chapuzot. Mais j'ai peur que cet homme ne veuille m'amadouer pour réaliser quelque fantaisie. Bah ! je me risque.

Un mois après cette bizarre entrevue, la belle écuyère habitait un appartement délicieusement meublé par le tapissier du comte Adam, car Paz voulut faire causer de sa folie à l'hôtel Laginski. Malaga, pour qui cette aventure fut un rêve des Mille et une Nuits, était servie par le ménage Chapuzot, à la fois ses confidents et ses domestiques. Les Chapuzot et Marguerite Turquet attendaient un dénouement quelconque ; mais après un trimestre, ni Malaga ni la Chapuzot ne surent comment expliquer le caprice du comte polonais. Paz venait passer une heure à peu près par semaine, pendant laquelle il restait dans le salon sans vouloir jamais aller ni dans le boudoir de Malaga, ni dans sa chambre, où jamais il n'entra, malgré les plus habiles manœuvres de l'écuyère et des Chapuzot. Le comte s'informait des petits événements qui nuançaient la vie de la baladine, et chaque fois il laissait deux pièces de quarante francs sur la cheminée.

– Il a l'air bien ennuyé, disait madame Chapuzot.

– Oui, répondait Malaga, cet homme est froid comme verglas…

– Mais il est bon enfant tout de même, s'écriait Chapuzot heureux de se voir habillé tout en drap bleu d'Elbeuf, et semblable à quelque garçon de bureau d'un ministère.

Par son offrande périodique, Paz constituait à Marguerite Turquet une rente de trois cent vingt francs par mois. Cette somme, jointe à ses maigres appointements du Cirque, lui fit une existence splendide en comparaison de sa misère passée. Il se répéta d'étranges récits au Cirque entre les artistes sur le bonheur de Malaga. La vanité de l'écuyère laissa porter à soixante mille francs les six mille francs que son appartement coûtait au prudent capitaine. Au dire des clowns et des comparses, Malaga mangeait dans l'argent. Elle venait d'ailleurs au Cirque avec de charmants burnous, des cachemires, de délicieuses écharpes. Enfin, le Polonais était la meilleure pâte d'homme qu'une écuyère pût rencontrer : point tracassier, point jaloux, laissant à Malaga toute sa liberté.

– Il y a des femmes qui sont bien heureuses ! disait la rivale de Malaga. Ce n'est pas à moi, qui sais faire le grand écart, à qui pareille chose arriverait.

Malaga portait de jolis bibis, faisait parfois sa tête (admirable expression populaire) en voiture, au bois de Boulogne, où la jeunesse élégante commençait à la remarquer. Enfin, on commençait à parler de Malaga dans le monde interlope des femmes équivoques, et l'on y attaquait son bonheur par des calomnies. On la disait somnambule, et le Polonais passait pour un magnétiseur qui cherchait la pierre philosophale. Quelques propos beaucoup plus envenimés que celui-là rendirent Malaga plus curieuse que Psyché ; elle les rapporta tout en pleurant à Paz.

– Quand j'en veux à une femme, dit-elle en terminant, je ne la calomnie pas, je ne prétends pas qu'on la magnétise pour y trouver des pierres ; je dis qu'elle est bossue, et je le prouve. Pourquoi me compromettez-vous ?

Paz garda le plus cruel silence. La Chapuzot finit par savoir le nom et le titre de Thaddée ; elle apprit à l'hôtel Laginski des choses positives : Paz était garçon, on ne lui connaissait de fille morte ni en Pologne ni en France. Malaga ne put alors se défendre d'un sentiment de terreur.

– Mon enfant, dit la Chapuzot, ce monstre-là…

Un homme qui se contentait de regarder d'une façon sournoise – en dessous, – sans oser se prononcer sur rien, – sans avoir de confiance, – une belle créature comme Malaga, dans les idées de la Chapuzot, devait être un monstre.

– Ce monstre-là vous apprivoise pour vous amener à quelque chose d'illégal, de criminel !… Dieu de Dieu, si vous alliez à la cour d'assises, ou, ce qui me fait frémir de la tête aux pieds, que j'en tremble rien que d'en parler, à la correctionnelle !… qu'on vous met dans les journaux… Moi, savez-vous à votre place ce que je ferais ? Eh bien ! n'à votre place, je préviendrais, pour ma sûreté, la police.

Par un jour où les plus folles idées fermentèrent dans l'esprit de Malaga, quand Paz mit ses pièces d'or sur le velours de la cheminée, elle prit l'or et lui jeta au nez en lui disant : – Je ne veux pas d'argent volé.

Le capitaine donna l'or aux Chapuzot et ne revint plus. Clémentine passait alors la belle saison à la terre de son oncle, le marquis de Ronquerolles, en Bourgogne. Quand la troupe du Cirque ne vit plus Thaddée à sa place, il se fit une rumeur parmi les artistes. La grandeur d'âme de Malaga fut traitée de bêtise par les uns, de finesse par les autres. La conduite du Polonais, expliquée aux femmes les plus habiles, parut inexplicable. Thaddée reçut dans une seule semaine trente-sept lettres de femmes légères. Heureusement pour lui, son étonnante réserve n'alluma pas d'autres curiosités et resta l'objet des causeries du monde interlope.

Deux mois après, la belle écuyère, criblée de dettes, écrivit au comte Paz cette lettre que les dandies ont regardée dans le temps comme un chef-d'œuvre :

« Vous, que j'ose encore appeler mon ami, aurez-vous pitié de moi après ce qui s'est passé et que vous avez si mal interprété ? Tout ce qui a pu vous blesser, mon cœur le désavoue. Si j'ai été assez heureuse pour que vous trouviez du charme à rester auprès de moi comme vous faisiez, revenez… autrement, je tomberai dans le désespoir. La misère est déjà venue, et vous ne savez pas tout ce qu'elle amène de choses bêtes. Hier, j'ai vécu avec un hareng de deux sous et un sou de pain. Est-ce là le déjeuner de votre amante ? Je n'ai plus les Chapuzot, qui paraissaient m'être si dévoués ! Votre absence a eu pour effet de me faire voir le fond des attachements humains… Un chien qu'on a nourri ne nous quitte plus ! Un huissier qui a fait le sourd, a tout saisi au nom du propriétaire, qui n'a pas de cœur, et du bijoutier, qui ne veut pas attendre seulement dix jours ; car, avec votre confiance à vous autres, le crédit s'en va ! Quelle position pour des femmes qui n'ont que de la joie à se reprocher ! Mon ami, j'ai porté chez ma tante tout ce qui avait de la valeur ; je n'ai plus rien que votre souvenir, et voilà la mauvaise saison qui arrive. Pendant l'hiver je suis sans feux, puisqu'on ne joue que des mimodrames au boulevard, où je n'ai presque rien à faire que des bouts de rôle qui ne posent pas une femme. Comment avez-vous pu vous méprendre à la noblesse de mes sentiments envers vous, car enfin nous n'avons pas deux manières d'exprimer notre reconnaissance ? Vous qui paraissiez si joyeux de mon bien-être, comment m'avez-vous pu laisser dans la peine ? Ô ! mon seul ami sur terre, avant d'aller recommencer à courir les foires avec le cirque Bouthor, car je gagnerai au moins ma vie ainsi, pardonnez-moi d'avoir voulu savoir si je vous ai perdu pour toujours. Si je venais à penser à vous au moment où je saute dans le cercle, je suis capable de me casser les jambes en perdant un temps ! Quoi qu'il en soit, vous avez à vous pour la vie

Marguerite Turquet. »

– Cette lettre-là, se dit Thaddée en éclatant de rire, vaut mes dix mille francs !

Clémentine arriva le lendemain, et, le lendemain, Paz la revit plus belle, plus gracieuse que jamais. Après le dîner, pendant lequel la comtesse eut un air de parfaite indifférence pour Thaddée, il se passa dans le salon, après le départ du capitaine, une scène entre le comte et sa femme. En ayant l'air de demander conseil à Adam, Thaddée lui avait laissé, comme par mégarde, la lettre de Malaga.

– Pauvre Thaddée ! dit Adam à sa femme après avoir vu Paz s'esquivant. Quel malheur pour un homme si distingué d'être le jouet d'une baladine du dernier ordre ! Il y perdra tout, il s'avilira, il ne sera plus reconnaissable dans quelque temps. Tenez, ma chère, lisez, dit le comte en tendant à sa femme la lettre de Malaga.

Clémentine lut la lettre, qui sentait le tabac, et la jeta par un geste de dégoût.

– Quelque épais que soit le bandeau qu'il a sur les yeux, il se sera sans doute aperçu de quelque chose, dit Adam. Malaga lui aura fait des traits.

– Et il y retourne ! dit Clémentine, et il pardonnera ! Ce n'est que pour ces horribles femmes-là que vous avez de l'indulgence !

– Elles en ont tant besoin ! dit Adam.

– Thaddée se rendait justice… en restant chez lui, reprit-elle.

– Oh ! mon ange, vous allez bien loin, dit le comte qui d'abord enchanté de rabaisser son ami aux yeux de sa femme ne voulait pas la mort du pécheur.

Thaddée, qui connaissait bien Adam, lui avait demandé le plus profond secret : il avait parlé pour faire excuser ses dissipations et prier son ami de lui laisser prendre un millier d'écus pour Malaga.

– C'est un homme qui a un fier caractère, reprit Adam.

– Comment cela ?

– Mais ne pas avoir dépensé plus de dix mille francs pour elle, et se faire relancer par une pareille lettre avant de lui porter de quoi payer ses dettes ! Pour un Polonais, ma foi !…

– Mais il peut te ruiner, dit Clémentine avec le ton aigre de la Parisienne quand elle exprime sa défiance de chatte.

– Oh ! je le connais, répondit Adam, il nous sacrifierait Malaga.

– Nous verrons, reprit la comtesse.

– S'il le fallait pour son bonheur, je n'hésiterais pas à lui demander de la quitter. Constantin m'a dit que pendant le temps de leur liaison, Paz, jusqu'alors si sobre, est quelquefois rentré très-étourdi… s'il se laissait entraîner dans l'ivresse, je serais aussi chagrin que s'il s'agissait de mon enfant.

– Ne m'en dites pas davantage, s'écria la comtesse en faisant un autre geste de dégoût.

Deux jours après, le capitaine aperçut dans les manières, dans le son de voix, dans les yeux de la comtesse, les terribles effets de l'indiscrétion d'Adam. Le mépris avait creusé ses abîmes entre cette charmante femme et lui. Aussi tomba-t-il dès lors dans une profonde mélancolie, rongé par cette pensée : Tu t'es rendu toi-même indigne d'elle ! La vie lui devint pesante, le plus beau soleil fut grisâtre à ses yeux. Néanmoins, il trouva sous ces flots de douleurs amères des moments de joie : il put alors se livrer sans danger à son admiration pour la comtesse qui ne fit plus la moindre attention à lui quand, dans les fêtes, tapi dans un coin, muet, mais tout yeux et tout cœur, il ne perdait pas une de ses poses, pas un de ses chants quand elle chantait. Il vivait enfin de cette belle vie, il pouvait panser lui-même le cheval qu'elle allait monter, se dévouer à l'économie de cette splendide maison, pour les intérêts de laquelle il redoubla de dévouement. Ces plaisirs silencieux furent ensevelis dans son cœur comme ceux de la mère dont l'enfant ne sait jamais rien du cœur de sa mère ; car est-ce le savoir que d'en ignorer quelque chose ? N'était-ce pas plus beau que le chaste amour de Pétrarque pour Laure, qui se soldait en définitif par un trésor de gloire et par le triomphe de la poésie qu'elle avait inspirée ? La sensation de d'Assas mourant n'est-elle pas toute une vie ? Cette sensation, Paz l'éprouva chaque jour sans mourir, mais aussi sans le loyer de l'immortalité. Qu'y a-t-il donc dans l'amour pour que, nonobstant ces délices secrètes, Paz fût dévoré de chagrins ? La religion catholique a tellement grandi l'amour, qu'elle y a marié pour ainsi dire indissolublement l'estime et la noblesse. L'amour ne va pas sans les supériorités dont s'enorgueillit l'homme, et il est tellement rare d'être aimé quand on est méprisé, que Thaddée mourait des plaies qu'il s'était volontairement faites. S'entendre dire qu'elle l'aurait aimé et mourir ?… le pauvre amoureux eût trouvé sa vie assez payée. Les angoisses de sa situation antérieure lui semblaient préférables à vivre près d'elle, en l'accablant de ses générosités sans être apprécié, compris. Enfin, il voulait le loyer de sa vertu ! Il maigrit et jaunit, il tomba si bien malade, dévoré par une petite fièvre, que, pendant le mois de janvier il fut obligé de rester au lit sans vouloir consulter de médecin. Le comte Adam conçut de vives inquiétudes sur son pauvre Thaddée. La comtesse eut alors la cruauté de dire en petit comité : – Laissez-le donc, ne voyez-vous pas qu'il a quelque remords olympique ? Ce mot rendit à Thaddée le courage du désespoir, il se leva, sortit, essaya de quelques distractions et recouvra la santé. Vers le mois de février, Adam fit une perte assez considérable au Jockey-Club, et comme il craignait sa femme, il vint prier Thaddée de mettre cette somme sur le compte de ses dissipations avec Malaga.

– Qu'y a-t-il d'extraordinaire à ce que cette baladine t'ait coûté vingt mille francs ? Ça ne regarde que moi ; tandis que si la comtesse savait que je les ai perdus au jeu, je baisserais dans son estime ; elle aurait des craintes pour l'avenir.

– Encore cela, donc ! s'écria Thaddée en laissant échapper un profond soupir.

– Ah ! Thaddée, ce service-là nous acquitterait quand je ne serais pas déjà ton redevable.

– Adam, tu auras des enfants, ne joue plus, dit le capitaine.

– Malaga nous coûte encore vingt mille francs ! s'écria la comtesse quelques jours après en apprenant la générosité d'Adam envers Paz. Dix mille auparavant, en tout trente mille ! quinze cents francs de rente, le prix de ma loge aux Italiens, la fortune de bien des bourgeois... Oh ! vous autres Polonais, disait-elle en cueillant des fleurs dans sa belle serre, vous êtes incroyables. Tu n'es pas plus furieux que ça ?

– Ce pauvre Paz...

– Ce pauvre Paz, pauvre Paz, reprit-elle en interrompant, à quoi nous est-il bon ? Je vais me mettre à la tête de la maison, moi ! Tu lui donneras les cent louis de rentes qu'il a refusés, et il s'arrangera comme il l'entend avec le Cirque-Olympique.

– Il nous est bien utile, il nous a certes économisé plus de quarante mille francs depuis un an. Enfin, cher ange, il nous a placé cent mille francs chez Rothschild, et un intendant nous les aurait volés…

Clémentine se radoucit, mais elle n'en fut pas moins dure pour Thaddée. Quelques jours après, elle pria Paz de venir dans ce boudoir où un an auparavant elle avait été surprise en le comparant au comte ; cette fois, elle le reçut en tête-à-tête sans y apercevoir le moindre danger.

– Mon cher Paz, lui dit-elle avec la familiarité sans conséquence des grands envers leurs inférieurs, si vous aimez Adam comme vous le dites, vous ferez une chose qu'il ne vous demandera jamais, mais que moi, sa femme, je n'hésite pas à exiger de vous…

– Il s'agit de Malaga, dit Thaddée avec une profonde ironie.

– Eh bien ! oui, dit-elle, si vous voulez finir vos jours avec nous, si vous voulez que nous restions bons amis, quittez-la. Comment un vieux soldat…

– Je n'ai que trente-cinq ans, et pas un cheveu blanc !

– Vous avez l'air d'en avoir, dit-elle, c'est la même chose. Comment un homme aussi bon calculateur, aussi distingué…

Il y eut cela d'horrible que ce mot fut dit par elle avec une intention évidente de réveiller en lui la noblesse d'âme qu'elle croyait éteinte.

– Aussi distingué que vous l'êtes, reprit-elle après une pause imperceptible que lui fit faire un geste de Paz, se laisse attraper comme un enfant ! Votre aventure a rendu Malaga célèbre... Eh ! bien, mon oncle a voulu la voir, et il l'a vue. Mon oncle n'est pas le seul, Malaga reçoit très-bien tous ces messieurs... Je vous ai cru l'âme noble... Fi donc ! Voyons, sera-ce une si grande perte pour vous qu'elle ne puisse se réparer ?

– Madame, si je connaissais un sacrifice à faire pour regagner votre estime, il serait bientôt accompli ; mais quitter Malaga n'en est pas un...

– Dans votre position, voilà ce que je dirais si j'étais homme, répondit Clémentine. Eh bien ! si je prends cela pour un grand sacrifice, il n'y a pas de quoi se fâcher.

Paz sortit en craignant de commettre quelque sottise, il se sentait gagner par des idées folles. Il alla se promener au grand air, légèrement vêtu malgré le froid, sans pouvoir éteindre les feux de sa face et de son front.

– Je vous ai cru l'âme noble ! Ces mots, il les entendait toujours. – Et il y a bientôt un an, se disait-il, j'avais à moi seul battu les Russes ! Il pensait à laisser l'hôtel Laginski, à demander du service dans les spahis et à se faire tuer en Afrique ; mais il fut arrêté par une horrible crainte. – Sans moi, que deviendront-ils ? on les ruinerait bientôt. Pauvre comtesse ! quelle horrible vie pour elle que d'être seulement réduite à trente mille livres de rentes ? Allons, se dit-il, puisqu'elle est perdue pour moi, du courage, et achevons mon ouvrage.

Chacun sait que depuis 1830 le carnaval a pris à Paris un développement prodigieux qui le rend européen et bien autrement burlesque, bien autrement animé que feu le carnaval de Venise. Est-ce que, les fortunes diminuant outre mesure, les parisiens auraient inventé de s'amuser collectivement, comme avec leurs clubs ils font des salons sans maîtresses de maison, sans politesse et à bon marché ? Quoi qu'il en soit, le mois de mars prodiguait alors ces bals où la danse, la farce, la grosse joie, le délire, les images grotesques et les railleries aiguisées par l'esprit parisien arrivent à des effets gigantesques. Cette folie avait alors, rue Saint-Honoré, son Pandémonium, et dans Musard son Napoléon, un petit homme fait exprès pour commander une musique aussi puissante que la foule en désordre, et pour conduire le galop, cette ronde du sabbat, une des gloires d'Auber, car le galop n'a eu sa forme et sa poésie que depuis le grand galop de Gustave. Cet immense final ne pourrait-il pas servir de symbole à une époque où, depuis cinquante ans, tout défile avec la rapidité d'un rêve ? Or, le grave Thaddée, qui portait une divine image immaculée dans son cœur, alla proposer à Malaga, la reine des danses de carnaval, de passer une nuit au bal Musard, quand il sut que la comtesse, déguisée jusqu'aux dents, devait venir voir, avec deux autres jeunes femmes accompagnées de leurs maris, le curieux spectacle d'un de ces bals monstrueux. Le mardi-gras de l'année 1838, à quatre heures du matin, la comtesse, enveloppée d'un domino noir et assise sur les gradins d'un des amphithéâtres de cette salle babylonienne, où depuis Valentino donne ses concerts, vit défiler dans le galop Thaddée en Robert-Macaire conduisant l'écuyère en costume de sauvagesse, la tête harnachée de plumes comme un cheval du sacre, et bondissant par-dessus les groupes, en vrai feu follet.

– Ah ! dit Clémentine à son mari, vous autres Polonais, vous êtes des gens sans caractère. Qui n'aurait pas eu confiance en Thaddée ? Il m'a donné sa parole, sans savoir que je serais ici voyant tout et n'étant pas vue.

Quelques jours après, elle eut Paz à dîner. Après le dîner, Adam les laissa seuls, et Clémentine gronda Thaddée de manière à lui faire sentir qu'elle ne le voulait plus au logis.

– Oui, madame, dit humblement Thaddée, vous avez raison, je suis un misérable, j'avais donné ma parole. Mais que voulez-vous ? j'avais remis à quitter Malaga après le carnaval… Je serai franc, d'ailleurs : cette femme exerce un tel empire sur moi que…

– Une femme qui se fait mettre à la porte de chez Musard par les sergents de ville, et pour quelle danse !

– J'en conviens, je passe condamnation, je quitterai votre maison ; mais vous connaissez Adam. Si je vous abandonne les rênes de votre fortune, il vous faudra déployer bien de l'énergie. Si j'ai le vice de Malaga, je sais avoir l'œil à vos affaires, tenir vos gens et veiller aux moindres détails. Laissez-moi donc ne vous quitter qu'après vous avoir vue en état de continuer mon administration. Vous avez maintenant trois ans de mariage, et vous êtes à l'abri des premières folies que fait faire la lune de miel. Les Parisiennes, et les plus titrées, s'entendent aujourd'hui très-bien à gouverner une fortune et une maison… Eh bien ! quand je serai certain moins de votre capacité que de votre fermeté, je quitterai Paris.

– C'est le Thaddée de Varsovie et non le Thaddée du Cirque qui parle, répondit-elle. Revenez-nous guéri.

– Guéri ?… jamais, dit Paz les yeux baissés en regardant les jolis pieds de Clémentine. Vous ignorez, comtesse, ce que cette femme a de piquant et d'inattendu dans l'esprit. En sentant son courage faillir, il ajouta : – Il n'y a pas de femme du monde avec ses airs de mijaurée qui vaille cette franche nature de jeune animal…

– Le fait est que je ne voudrais rien avoir d'animal, dit la comtesse en lui lançant un regard de vipère en colère.

À compter de cette matinée, le comte Paz mit Clémentine au fait de ses affaires, se fit son précepteur, lui apprit les difficultés de la gestion de ses biens, le véritable prix des choses et la manière de ne point se laisser trop voler par les gens. Elle pouvait compter sur Constantin et faire de lui son majordome. Thaddée avait formé Constantin. Au mois de mai, la comtesse lui parut parfaitement en état de conduire sa fortune ; car Clémentine était de ces femmes au coup d'œil juste, plein d'instinct, et chez qui le génie de la maîtresse de maison est inné.

Cette situation amenée par Thaddée avec tant de naturel eut une péripétie horrible pour lui, car ses souffrances ne devaient pas être aussi douces qu'il se les faisait. Ce pauvre amant n'avait pas compté le hasard pour quelque chose. Or, Adam tomba très-sérieusement malade. Thaddée, au lieu de partir, servit de garde-malade à son ami. Le dévouement du capitaine fut infatigable. Une femme qui aurait eu de l'intérêt à déployer la longue-vue de la perspicacité, eût vu dans l'héroïsme du capitaine une sorte de punition que s'imposent les âmes nobles pour réprimer leurs mauvaises pensées involontaires ; mais les femmes voient tout ou ne voient rien, selon leurs dispositions d'âme : l'amour est leur seule lumière.

Pendant quarante-cinq jours, Paz veilla, soigna Mitgislas sans qu'il parût penser à Malaga, par l'excellente raison qu'il n'y avait jamais pensé. En voyant Adam à la mort et ne mourant pas, Clémentine assembla les plus célèbres docteurs.

– S'il se sauve de là, dit le plus savant des médecins, ce ne peut être que par un effort de la nature. C'est à ceux qui lui donnent des soins à guetter ce moment et à seconder la nature. La vie du comte est entre les mains de ses garde-malades.

Thaddée alla communiquer cet arrêt à Clémentine, alors assise sous le pavillon chinois, autant pour se reposer de ses fatigues que pour laisser le champ libre aux médecins et ne pas les gêner. En suivant les contours de l'allée sablée qui menait du boudoir au rocher sur lequel s'élevait le pavillon chinois, l'amant de Clémentine était comme au fond d'un des abîmes décrits par Alighieri. Le malheureux n'avait pas prévu la possibilité de devenir le mari de Clémentine et s'était enfermé lui-même dans une fosse de boue. Il arriva le visage décomposé, sublime de douleur. Sa tête, comme celle de Méduse, communiquait le désespoir.

– Il est mort ?… dit Clémentine.

– Ils l'ont condamné ; du moins, ils le remettent à la nature. N'y allez pas, ils y sont encore, et Bianchon va lever lui-même les appareils.

– Pauvre homme ! je me demande si je ne l'ai pas quelquefois tourmenté, dit-elle.

– Vous l'avez rendu bien heureux, soyez tranquille à ce sujet, dit Thaddée et vous avez eu de l'indulgence pour lui…

– Ma perte serait irréparable.

– Mais, chère, en supposant que le comte succombe, ne l'aviez-vous pas jugé ?

– Je l'aimais sans aveuglement, dit-elle ; mais je l'aimais comme une femme doit aimer son mari.

– Vous devez donc, reprit Thaddée d'une voix que ne lui connaissait pas Clémentine, avoir moins de regrets que si vous perdiez un de ces hommes qui sont votre orgueil, votre amour et toute votre vie, à vous autres femmes ! Vous pouvez être sincère avec un ami tel que moi… Je le regretterai, moi !… Bien avant votre mariage, j'avais fait de lui mon enfant, et je lui ai sacrifié ma vie. Je serai donc sans intérêt sur la terre. Mais la vie est encore belle à une veuve de vingt-quatre ans.

– Eh ! vous savez bien que je n'aime personne, dit-elle avec la brusquerie de la douleur.

– Vous ne savez pas encore ce que c'est que d'aimer, dit Thaddée.

– Oh ! mari pour mari, je suis assez sensée pour préférer un enfant comme mon pauvre Adam à un homme supérieur. Voici bientôt trente jours que nous nous disons : Vivra-t-il ? ces alternatives m'ont bien préparée, ainsi que vous l'êtes, à cette perte. Je puis être franche avec vous. Eh bien ! je donnerais de ma vie pour conserver celle d'Adam. L'indépendance d'une femme à Paris, n'est-ce pas la permission de se laisser prendre aux semblants d'amour des gens ruinés ou des dissipateurs ! Je priais Dieu de me laisser ce mari si complaisant, si bon enfant, si peu tracassier, et qui commençait à me craindre.

– Vous êtes vraie, et je vous en aime davantage, dit Thaddée en prenant et baisant la main de Clémentine qui le laissa faire. Dans de si solennels instants, il y a je ne sais quelle satisfaction à trouver une femme sans hypocrisie. On peut causer avec vous. Voyons l'avenir ; supposons que Dieu ne vous écoute pas, et je suis un de ceux qui sont le plus disposés à lui crier : – Laissez-moi mon ami ! Oui, ces cinquante nuits n'ont pas affaibli mes yeux, et fallût-il trente jours et trente nuits de soins, vous dormirez, vous, madame, quand je veillerai. Je saurai l'arracher à la mort si, comme ils le disent, on peut le sauver par des soins. Enfin, malgré vous et malgré moi, le comte est mort. Eh bien ! si vous étiez aimée, oh ! mais adorée par un homme de cœur et d'un caractère digne du vôtre…

– J'ai peut-être follement désiré d'être aimée, mais je n'ai pas rencontré…

– Si vous aviez été trompée…

Clémentine regarda fixement Thaddée en lui supposant moins de l'amour qu'une pensée cupide, elle le couvrit de son mépris en le toisant des pieds à la tête, et l'écrasa par ces deux mots : Pauvre Malaga ! prononcés en trois tons que les grandes dames seules savent trouver dans le registre de leurs dédains. Elle se leva, laissa Thaddée évanoui, car elle ne se retourna point, marcha d'un mouvement noble vers son boudoir et remonta dans la chambre d'Adam.

Une heure après, Paz revint dans la chambre du malade ; et comme s'il n'avait pas reçu le coup de la mort, il prodigua ses soins au comte. Depuis ce fatal moment il devint taciturne ; il eut d'ailleurs un duel avec la maladie, il la combattait de manière à exciter l'admiration des médecins. À toute heure on trouvait ses yeux allumés comme deux lampes. Sans témoigner le moindre ressentiment à Clémentine, il écoutait ses remercîments sans les accepter, il semblait être sourd. Il s'était dit : Elle me devra la vie d'Adam ! et cette parole, il l'écrivait pour ainsi dire en traits de feu dans la chambre du malade. Le quinzième jour, Clémentine fut obligée de restreindre ses soins, sous peine de succomber à tant de fatigues. Paz était infatigable. Enfin, vers la fin du mois d'août, Bianchon, le médecin de la maison, répondit de la vie du comte à Clémentine.

– Ah ! madame, ne m'en ayez pas la moindre obligation, dit-il. Sans son ami nous ne l'aurions pas sauvé !

Le lendemain de la terrible scène sous le pavillon chinois, le marquis de Ronquerolles était venu voir son neveu ; car il partait pour la Russie chargé d'une mission secrète, et Paz, foudroyé de la veille, avait dit quelques mots au diplomate. Or, le jour où le comte Adam et sa femme sortirent pour la première fois en calèche, au moment où la calèche allait quitter le perron, un gendarme entra dans la cour de l'hôtel et demanda le comte Paz. Thaddée, assis sur le devant de la calèche, se retourna pour prendre une lettre qui portait le timbre du ministère des affaires étrangères et la mit dans la poche de côté de son habit par un mouvement qui empêcha Clémentine et Adam de lui en parler. On ne peut nier aux gens de bonne compagnie la science du langage qui ne se parle pas. Néanmoins, en arrivant à la porte Maillot, Adam, usant des privilèges d'un convalescent dont les caprices doivent être satisfaits, dit à Thaddée : – Il n'y a point d'indiscrétion entre deux frères qui s'aiment autant que nous nous aimons, tu sais ce que contient la dépêche, dis-le-moi, j'ai une fièvre de curiosité.

Clémentine regarda Thaddée en femme fâchée et dit à son mari : Il me boude tant depuis deux mois que je me garderais bien d'insister.

– Oh ! mon Dieu, répondit Thaddée, comme je ne puis pas empêcher les journaux de le publier, je vous révélerai bien ce secret : l'empereur Nicolas me fait la grâce de me nommer capitaine dans un régiment destiné à l'expédition de Khiva.

– Et tu y vas ? s'écria Adam.

– J'irai, mon cher. Je suis venu capitaine, capitaine je m'en retourne… Malaga pourrait me faire faire des sottises. Nous dînons demain pour la dernière fois ensemble. Si je ne partais pas en septembre pour Saint-Pétersbourg, il faudrait y aller par terre, et je ne suis pas riche, je dois laisser à Malaga sa petite indépendance. Comment ne pas veiller à l'avenir de la seule femme qui m'ait su comprendre ? elle me trouve grand, Malaga ! Malaga me trouve beau ! Malaga m'est peut-être infidèle, mais elle passerait dans le…

– Dans le cerceau pour vous et retomberait très-bien sur son cheval, dit vivement Clémentine.

– Oh ! vous ne connaissez pas Malaga, dit le capitaine avec une profonde amertume et un regard plein d'ironie qui rendirent Clémentine rêveuse et inquiète.

– Adieu les jeunes arbres de ce beau bois de Boulogne où se promènent les Parisiennes, où se promènent les exilés qui y retrouvent une patrie. Je suis sûr que mes yeux ne reverront plus les arbres verts de l'allée de Mademoiselle, ni ceux de la route des Dames, ni les acacias, ni le cèdre des ronds-points… Sur les bords de l'Asie, obéissant aux desseins du grand empereur que j'ai voulu pour maître, arriver peut-être au commandement d'une armée à force de courage, à force de mettre ma vie au jeu, peut-être regretterai-je les Champs-Élysées où vous m'avez, une fois, fait monter à côté de vous. Enfin, je regretterai toujours les rigueurs de Malaga, la Malaga de qui je parle en ce moment.

Ce fut dit de manière à faire frissonner Clémentine.

– Vous aimez donc bien Malaga ? demanda-t-elle.

– Je lui ai sacrifié cet honneur que nous ne sacrifions jamais…

– Lequel ?

– Mais celui que nous voulons garder à tout prix aux yeux de notre idole.

Après cette réponse, Thaddée garda le plus impénétrable silence ; et il ne le rompit qu'en passant aux Champs-Élysées, où il dit en montrant un bâtiment en planches : – Voilà le Cirque !

Il alla quelques moments avant le dîner à l'ambassade de Russie, de là aux affaires étrangères, et il partit pour le Havre le matin, avant le lever de la comtesse et d'Adam.

– Je perds un ami, dit Adam les larmes aux yeux en apprenant le départ du comte Paz, un ami dans la véritable acception du mot, et je ne sais pas ce qui peut lui faire fuir ma maison comme la peste. Nous ne sommes pas amis à nous brouiller pour une femme, dit-il en regardant fixement Clémentine, et cependant tout ce qu'il disait hier de Malaga… Mais il n'a jamais touché le bout du doigt à cette fille…

– Comment le savez-vous ? dit Clémentine.

– Mais j'ai naturellement eu la curiosité de voir mademoiselle Turquet, et la pauvre fille ne peut pas encore s'expliquer la réserve absolue de Thad…

– Assez, monsieur, dit la comtesse, qui se retira chez elle en se disant : – Ne serais-je pas victime d'une mystification sublime ?

À peine achevait-elle cette phrase en elle-même, que Constantin remit à Clémentine la lettre suivante, que Thaddée avait griffonnée pendant la nuit.

« Comtesse, aller se faire tuer au Caucase et emporter votre mépris, c'est trop : on doit mourir tout entier. Je vous ai chérie en vous voyant pour la première fois, comme on chérit une femme que l'on aime toujours, même après son infidélité, moi l'obligé d'Adam qui vous avait choisie et que vous épousiez, moi pauvre, moi le régisseur volontaire, dévoué de votre maison. Dans cet horrible malheur, j'ai trouvé la plus délicieuse vie. Être chez vous un rouage indispensable, me savoir utile à votre luxe, à votre bien-être, fut une source de jouissances ; et si ces jouissances étaient vives dans mon âme quand il s'agissait d'Adam, jugez de ce qu'elles furent alors qu'une femme adorée en était le principe et l'effet ! J'ai connu les plaisirs de la maternité dans l'amour : j'acceptais la vie ainsi. Je m'étais, comme les pauvres des grands chemins, bâti une cabane de cailloux sur la litière de votre beau domaine, sans vous tendre la main. Pauvre et malheureux, aveuglé par le bonheur d'Adam, j'étais le donnant. Ah ! vous étiez entourée d'un amour pur comme celui d'un ange gardien, il veillait quand vous dormiez, il vous caressait du regard quand vous passiez, il était heureux d'être, enfin vous étiez le soleil de la patrie à ce pauvre exilé, qui vous écrit les larmes aux yeux en pensant à ce bonheur des premiers jours. À dix-huit ans, n'étant aimé de personne, j'avais pris pour maîtresse idéale une charmante femme de Varsovie à qui je rapportais mes pensées, mes désirs, la reine de mes jours et de mes nuits ! Cette femme n'en savait rien ; mais pourquoi l'en instruire ?... Moi ! j'aimais mon amour. Jugez, d'après cette aventure de ma jeunesse, combien j'étais heureux de vivre dans la sphère de votre existence, de panser votre cheval, de chercher des pièces d'or toutes neuves pour votre bourse, de veiller aux splendeurs de votre table et de vos soirées, de vous voir éclipsant des fortunes supérieures à la vôtre par mon savoir-faire. Avec quelle ardeur ne me précipitais-je pas dans Paris quand Adam me disait : – Thaddée, elle veut telle chose ! C'est une de ces félicités impossibles à exprimer. Vous avez souhaité des riens, dans un temps donné, qui m'ont obligé à des tours de force, à courir pendant des sept heures en cabriolet ; et quelles délices de marcher pour vous ! À vous voir souriante au milieu de vos fleurs, sans être vu de vous, j'oubliais que personne ne m'aimait… Enfin je n'avais alors que mes dix-huit ans. Par certains jours où mon bonheur me tournait la tête, j'allais, la nuit, baiser l'endroit où, pour moi, vos pieds laissaient des traces lumineuses, comme jadis je fis des miracles de voleur pour aller baiser la clef que la comtesse Ladislas avait touchée de ses mains en ouvrant une porte. L'air que vous respiriez était balsamique ; il y avait pour moi plus de vie à l'aspirer, et j'y étais comme on est, dit-on, sous les tropiques, accablé par une vapeur chargée de principes créateurs. Il faut bien vous dire ces choses pour vous expliquer l'étrange fatuité de mes pensées involontaires. Je serais mort avant de vous avouer mon secret ! Vous devez vous rappeler les quelques jours de curiosité pendant lesquels vous avez voulu voir l'auteur des miracles qui vous avaient enfin frappée. J'ai cru, pardonnez-moi, madame, j'ai cru que vous m'aimeriez. Votre bienveillance, vos regards interprétés par un amant, m'ont paru si dangereux pour moi, que je me suis donné Malaga, sachant qu'il est de ces liaisons que les femmes ne pardonnent point ; je me la suis donnée au moment où j'ai vu mon amour se communiquer fatalement. Accablez-moi maintenant du mépris que vous m'avez versé à pleines mains sans que je le méritasse ; mais je crois être certain que dans la soirée où votre tante a emmené le comte, si je vous avais dit ce que je viens de vous écrire, l'ayant dit une fois, j'aurais été comme le tigre apprivoisé qui a remis ses dents à de la chair vivante, qui sent la chaleur du sang, et…

« Minuit,
« Je n'ai pu continuer, le souvenir de cette heure est encore trop vivant ! Oui, j'eus alors le délire. L'Espérance était dans vos yeux, la Victoire et ses pavillons rouges eussent brillé dans les miens et fasciné les vôtres. Mon

crime a été de penser tout cela, peut-être à tort. Vous seule êtes le juge de cette terrible scène où j'ai pu refouler amour, désir, les forces les plus invincibles de l'homme, sous la main glaciale d'une reconnaissance qui doit être éternelle. Votre terrible mépris m'a puni. Vous m'avez prouvé qu'on ne revient ni du dégoût ni du mépris. Je vous aime comme un insensé. Je serais parti, Adam mort ; je dois à plus forte raison partir, Adam sauvé. L'on n'arrache pas son ami des bras de la mort pour le tromper. D'ailleurs, mon départ est la punition de la pensée que j'ai eue de le laisser périr quand les médecins m'ont dit que sa vie dépendait de ses garde-malades. Adieu, madame ; je perds tout en quittant Paris, et vous ne perdez rien en n'ayant plus auprès de vous

« Votre dévoué
« Thaddée Paç. »

– Si mon pauvre Adam dit avoir perdu un ami, qu'ai-je donc perdu, moi ? se dit Clémentine en restant abattue et les yeux attachés sur une fleur de son tapis.

Voici la lettre que Constantin remit en secret au comte.

« Mon cher Mitgislas, Malaga m'a tout dit. Au nom de ton bonheur, qu'il ne t'échappe jamais avec Clémentine un mot sur tes visites chez l'écuyère, et laisse-lui toujours croire que Malaga me coûte cent mille francs. Du caractère dont est la comtesse, elle ne te pardonnerait ni tes pertes au jeu ni tes visites à Malaga. Je ne vais pas à Khiva, mais au Caucase. J'ai le spleen, et du train dont j'irai, je serai prince Paz en trois ans ou mort. Adieu ; quoique j'aie repris soixante mille francs chez Rothschild, nous sommes quittes.

Thaddée. »

– Imbécile que je suis ! j'ai failli me couper tout-à-l'heure, se dit Adam.

Voici trois ans que Thaddée est parti, les journaux ne parlent encore d'aucun prince Paz. La comtesse Laginska s'intéresse énormément aux expéditions de l'empereur Nicolas, elle est Russe de cœur, elle lit avec une espèce d'avidité toutes les nouvelles qui viennent de ce pays. Une ou deux fois par hiver, elle dit d'un air indifférent à l'ambassadeur : « Savez-vous ce qu'est devenu notre pauvre comte Paz ? »

Hélas ! la plupart des Parisiennes, ces créatures prétendues si perspicaces et si spirituelles, passent et passeront toujours à côté d'un Paz sans l'apercevoir. Oui, plus d'un Paz est méconnu ; mais, chose effrayante à penser ! il en est de méconnus même lorsqu'ils sont aimés. La femme la plus simple du monde exige encore chez l'homme le plus grand un peu de charlatanisme ; et le plus bel amour ne signifie rien quand il est brut : il lui faut la mise en scène de la taille et de l'orfévrerie.

Au mois de janvier 1842, la comtesse Laginska, parée de sa douce mélancolie, inspira la plus furieuse passion au comte de La Palférine, un des lions les plus entreprenants du Paris actuel. La Palférine comprit combien la conquête d'une femme gardée par une Chimère était difficile, il compta sur une surprise et sur le dévouement d'une femme un peu jalouse de Clémentine pour entraîner cette charmante femme.

Incapable, malgré tout son esprit, de soupçonner une trahison pareille, la comtesse Laginska commit l'imprudence d'aller avec cette femme au bal masqué de l'Opéra. Vers trois heures du matin, entraînée par l'ivresse du bal, Clémentine, pour qui La Palférine avait déployé toutes ses séductions, consentit à souper et allait monter dans la voiture de cette fausse amie. En ce moment critique, elle fut prise par un bras vigoureux, et, malgré ses cris, portée dans sa propre voiture, dont la portière était ouverte, et qu'elle ne savait pas là.

– Il n'a pas quitté Paris, s'écria-t-elle en reconnaissant Thaddée, qui se sauva quand il vit la voiture emportant la comtesse.

Jamais femme eut-elle un pareil roman dans sa vie ? À toute heure, Clémentine espère revoir Paz.